U0520862

中华先锋人物
故事汇

黄大年

给地球做 CT 检查的科学家

HUANG DANIAN
GEI DIQIU ZUO CT JIANCHA DE KEXUEJIA

肖显志　著

党建读物出版社　接力出版社

绿色印刷 保护环境 爱护健康

亲爱的读者朋友：

本书已入选"北京市绿色印刷工程——优秀出版物绿色印刷示范项目"。它采用绿色印刷标准印制，在封底印有"绿色印刷产品"标志。

按照国家环境标准（HJ2503-2011）《环境标志产品技术要求 印刷 第一部分：平版印刷》，本书选用环保型纸张、油墨、胶水等原辅材料，生产过程注重节能减排，印刷产品符合人体健康要求。

选择绿色印刷图书，畅享环保健康阅读！

北京市绿色印刷工程

图书在版编目（CIP）数据

黄大年：给地球做CT检查的科学家／肖显志著． —— 南宁：接力出版社；北京：党建读物出版社，2020.4

（中华人物故事汇.中华先锋人物故事汇）

ISBN 978-7-5448-6421-3

Ⅰ.①黄… Ⅱ.①肖… Ⅲ.①传记小说－中国－当代 Ⅳ.①I247.5

中国版本图书馆CIP数据核字（2020）第007234号

黄大年 —— 给地球做CT检查的科学家

肖显志 著

责任编辑：袁怡黄 高 楠
责任校对：高 雅 王 静
装帧设计：严 冬 许继云　美术编辑：高春雷
出版发行：党建读物出版社　接力出版社
地　　址：北京市西城区西长安街80号东楼（邮编：100815）
　　　　　广西南宁市园湖南路9号（邮编：530022）
网　　址：http://www.djcb71.com　　http://www.jielibj.com
电　　话：010-65547970/7621
经　　销：新华书店
印　　刷：河北鹏润印刷有限公司
2020年4月第1版　　2022年12月第8次印刷
787毫米×1092毫米　32开本　5.25印张　80千字
印数：97 279—107 278册　　定价：20.00元

本社版图书如有印装错误，我社负责调换（电话：010-65547970/7621）

目 录

写给小读者的话 ········ 1

引子 大山回声 ········ 1

李四光为什么叫李四光 ····· 7

"三大件" ··········· 13

乒乓乒乓 ··········· 21

半只烤鸭 ··········· 29

深潭救伙伴 ·········· 37

拦住火车 ··········· 43

掩护 ·············· 53

魔书 ·············· 59

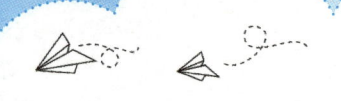

八百里路云和月·········69

比山高的是翅膀·········77

空中历险·········85

考大学·········93

看见了祖国招手·········99

无人机·········105

挡下推土机·········115

较真儿·········121

赶飞机·········131

吃饭·········137

平安夜·········147

尾声　不灭的灯光·········153

写给小读者的话

我们居住的房屋有门,乘坐的车辆有门,地球有门吗?

有门。

门在哪里?能打开吗?

能!我要给小朋友讲的就是科学家黄大年教授,用生命叩开地球之门的故事。

一九五八年八月二十八日,朝阳刚刚爬上葵扇顶,响亮的婴儿啼哭声长了翅膀,飞出黄家,飞向六万大山,飘荡在群峰耸立的峡谷中……哦!儿子黄大年出生了,中学教师黄方明、幼儿园教师张瑞芳,高兴得脸上挂满了霞光。

黄大年在爸爸妈妈讲的李四光、爱迪生、瓦特等科学家和发明家的故事中渐渐长大,小脑瓜儿里装满了科学知识,还常常把科学知识带到游戏中,不是自己制作出爸爸说的地质勘探用的工具锤、罗盘、放大镜"三大件",就是用细竹竿搭起"钻井架"。

黄大年聪慧、机灵、勇敢,在小伙伴里是公认的"孩子王"。遇到拖拉机熄火在铁道上,他迎着驶来的火车跑上去挥舞上衣;一个小伙伴在水塘溺水,他一个猛子扎下去救人;上学路上遇到野猪,他让同学们退后,自己挥舞着芭蕉叶迎了上去……

黄大年不但在危险时敢于出手,在学习上更是当仁不让,几乎每次考试都是第一。中学毕业时,正赶上广西第六地质队招工,他前去报考,被破格录取为航空物探操作员。国家恢复高考,他得知这个消息时距离考试只有三个月时间。黄大年一边上班,一边在夜晚复习,最后终于考上了长春地质学院*。一九八二年,他本科毕业后留校任教。一年后,他又考取了硕士研究生,毕业后继续留校任

---

* 1996年12月,长春地质学院更名为长春科技大学。2000年6月12日,原吉林大学、吉林工业大学、白求恩医科大学、长春科技大学、长春邮电学院合并组建吉林大学。

教,几年后晋升为副教授。

一九九二年,黄大年被选送到英国攻读博士学位。二〇〇九年十二月,他听从内心的召唤,舍弃英国剑桥ARKeX航空地球物理公司高级研究员、项目经理、研发部主任以及博士生和博士后导师的名誉和地位,毅然回国,组建吉林大学暨吉林省"移动平台探测技术中心"重点实验室并担任主任,带领他的研发团队重点攻关国家急需的"地球深部探测仪器"。这种设备就像一只"透视眼",能探清地下深层的矿产、海底的隐伏目标,对国土安全具有重大价值。黄大年团队打破了国外对这类高端装备的长期垄断和对我国的禁运,敲开了"地球之门",为我国的"巡天、探地、潜海"填补了多项关键技术空白。

由于多年的忘我工作,积劳成疾,黄大年患胆管癌住进了医院,可他打着吊瓶,还在给学生答疑解难。二〇一七年一月八日,只有五十八岁的黄大年因医治无效逝世。虽然黄大年走了,可人们仿佛还能看见他工作的吉林大学地质宫507室的灯光仍然亮着,在黑夜里熠熠生辉……

引子 大山回声

"爸爸,咱们这儿的大山,怎么这么高啊?"

"我们的祖国,还有比这高的山。"

"那有比山高的吗?"

"脚。"

"什么?脚?"

"等你长大了就知道了。"

一问一答的声音,在大山里回荡着:"知道了……知道了……知道了……"一群棕腹树鹊,学着回声鸣叫:"知道了!知道了……"

"爸爸,山怎么都像宝塔啊?"

"这些高耸的山是石灰岩山体,属于喀斯特地貌。"

"什么是喀斯特地貌呀?"

"喀斯特,这个词原来是南斯拉夫西北部,伊斯特拉半岛石灰岩高原的名称。"

"什么意思呢?"

"是岩石裸露的地方。"

"真好看……"

于是,大山回声:"真好看……真好看……真好看……"

对话的是父子。

父亲黄方明。

儿子黄大年。

他们坐在一块巨大的岩石上,面对站成队列的大山交谈。

父亲黄方明是一位教师,出生和成长在广西六万大山。一九四九年十月一日,中华人民共和国成立。十一月,中国人民解放军挺进广西。一九四九年十二月十一日,解放军把一面鲜艳的五星红旗插上友谊关城楼,宣告广西全境解放。

国民党白崇禧部队虽然全军覆没,可在广西各地的大山里，还隐藏着国民党残部和当地土匪。他们攻击刚刚成立的地方人民政府，烧杀抢掠，穷凶极恶，老百姓恨透他们了。

一九五〇年十二月，解放军进山剿匪的战斗开始啦！

广西群山遍布，林木参天，灌木丛生，人烟稀少，道路难寻，土匪隐藏在大山里，要找到他们，不亚于大海捞针。

要消灭与国民党残部相勾结的匪帮，得先找到匪巢；要找到匪巢，得有当地人当向导。

在欢庆解放的人群里，黄方明踮起脚张望着。

"张营长！"黄方明看到了他要找的人。

"小黄！"张营长也认出了这个叫黄方明的小伙子，招着手走过来，"带路的事想好了吗？"

"不用想，"黄方明拍着胸脯说，"这里的山路我熟悉。"

张营长打量着眼前的小伙子说："你不怕？"

"怕就不站在你面前了。"黄方明仰了下头。

"好样的！"张营长拍了一下黄方明的臂膀，抓住他的手说，"我们一起消灭土匪！"

黄方明使劲握握张营长的手说:"消灭土匪!"

在土地改革工作队的推荐下,黄方明成了解放军消灭土匪的向导,在革命的道路上踏下深深的脚印。

解放军剿匪胜利后,黄方明走进广西"革命大学"的校门,当了一名教员,教那些"大老粗"战士们识字、学文化。后来,又到党校教马列主义、毛泽东思想。教学相长,教别人,黄方明自己的思想也得到熏陶,坚定了"跟着共产党,革命一辈子"的信心。

黄方明后来又从党校转到广西地质学校,成了培养中国新一代地质人才的第一批教师。妻子张瑞芳跟着丈夫来到地质队幼儿园当教师。

"大年,你知道爸爸为什么给你起这个名字吗?"

黄大年摇头。

"大年,是中国春节,是一年的开始,也是冬去春来、喜庆的象征。"黄方明给儿子解释着,"新中国需要你们这一代人来建设。好好学习,做对祖国有用的人。"

"哦！"黄大年抬起脸看着爸爸说，"大年，我就爱天天过大年。"

"嚯！天天过春节，就有好吃的吃，有新衣服穿！"

"嘻嘻嘻！"

笑声在山间回荡，风儿把回声带进山谷，带进树林，带到山溪，于是满山就飘荡着稚嫩的笑声……

李四光为什么叫李四光

"再给我讲个故事嘛!"黄大年摇着正在备课的爸爸的胳膊。

黄方明是位很有耐心的老师,本来可以说"等爸爸备完课再讲",可他没有,而是轻轻放下备课簿,摸了下儿子的头说:"好!好!爸爸给你讲……"

"今天讲谁的故事呀?"

"讲……还讲李四光的故事。"

"好啊!好啊!"

黄大年已经听过爸爸讲的李四光的故事,歪着头问:"今天讲什么呀?"

"大年,你知道李四光的名字是怎么来的吗?"

黄方明从儿子疑惑的眼神里看出他不知道。

"不知道吧?那爸爸就给你讲李四光名字的来历……"

"四光……"黄大年眨眨眼,自作聪明地说,"四光,就是四面八方都有光。嘻嘻!"

"呵呵!"爸爸也笑了,摇着头说,"李四光是我国著名的地质学家,更是一位爱国主义者。他是我们国家地球学和地质学的奠基人,为我国的地质、石油勘探事业做出了非常大的贡献。特别是对大庆油田的发现,功不可没……"

"爸爸,这些你都讲过了。"

"哦!李四光的名字,名字。"黄方明知道儿子喜欢直奔主题,接着讲,"李四光是湖北黄冈人,原来的名字是李仲揆(kuí)。'揆'是测量方位的意思。"

黄大年自己默念着:"测量方位……"

"李四光十四岁那年,因为他学业优秀,被保送去日本学习,就是现在所说的留学。他在填写表格的时候,拿起毛笔就把年龄'十四'写在了姓名栏里。写错了,这可怎么办?"

"是啊！怎么办？"

"李仲揆想了一下，灵机一动，把'十'字添上几笔，成了'李'字。你看，姓有了。可后面是'四'，名字叫'李四'？张三李四的太俗气了。那叫什么呢？留学，是奔着知识和科学的光明去的，便在后面加了一个'光'字。"

"哦！"这回黄大年不自作聪明了，"李四光的名字原来是这么来的呀！"

爸爸点点头说："是啊！李仲揆从此就改名成了李四光。"

黄大年挥了下小拳头说："嘿！还是'李四光'这个名字棒！"

"好了，故事讲完了。"爸爸扭过头说，"爸爸接着备课了。"

黄大年是个懂事的孩子，知道不能再打扰爸爸的工作，便不吭声了，顺手翻开一本书，静静地看起来……

虽然这本书里还有些字黄大年不认识，可他能看懂是什么意思，读得津津有味。

爸爸终于把课备完了，举起胳膊，伸伸懒腰。

黄大年放下书本，举起小拳头给爸爸捶着背，说："你不是说李四光有好多好多故事吗？"

"是啊！"黄方明知道儿子没听够，"那就再给你讲一个……"

"别再讲名字了。"

"这个故事可是李四光没改名时的故事。"

"李仲揆。"

"对呀！是李四光小时候的故事。"

黄大年没有像别的小孩那样催着，而是坐下来看着爸爸的眼睛，静静地听。

"那好！我就再讲一个李四光造铁船的故事。李四光，哦！是李仲揆，像你这么大的时候，家住在山沟里的回龙山，从没见过外面的世界。这天，小仲揆跟着他的爸爸出了山，来到一个叫团风镇的地方，看到了宽阔、汹涌的长江，小仲揆惊讶得张大了嘴巴。长江里有各种各样的船只在行驶。让他更惊讶的是高得像楼房似的大轮船，上面还挂着五颜六色的旗子，太漂亮啦！小仲揆问爸爸，那是什么船。爸爸告诉他，那是轮船，钢铁做的。小仲揆问，铁那么重，怎么能够浮在水上呢？爸爸说，因为船舱里面是空心的，船就不会沉了。小仲揆不懂了，它不用人摇橹，又没有帆，怎么还跑得那么快呢？爸爸耐心地回答，它是靠机器开动的。哦！小仲揆明白了。回到家里，小仲揆就从街上修壶的师傅那里要了几块薄铁皮，先在纸上画好图样，再画在铁皮上，用剪子剪下来，又用小锤敲敲打打。两天时间过去了，一艘两头翘翘，中间有船舱，上面挂着小旗，还竖着一个大烟囱的小铁皮船就做出来了，还真像模像样。小仲揆把它拿到池塘边，小心翼翼地把它放到水里。真的漂在水面上啦！小仲揆高兴地用手划了几下水，船顺着水流漂去……'我做的小轮船开动啦！呜——呜——'小仲揆高兴地跟着小铁船跑……"

黄方明停下来，看着儿子。

"我也能造一艘大轮船。"黄大年冲爸爸举举双手说，"长大了，我要造一艘真的，像大山那么大的轮船。"

"好儿子！"爸爸赞许地点头说，"光有大船还不行，还要祖国的强大。"

黄大年想起爸爸以前给他讲的甲午海战，似乎听懂了爸爸的话,说:"等我长大了,一定要把咱们国家建设强大,谁也不敢来欺负我们!"

黄方明听了儿子说出的大人话,夸奖说:"我儿子真是个小大人儿。"

"我明天就长成大人,做一个像李四光那样的人。"黄大年挺挺胸脯,望着窗外的大山,踮踮脚,挺挺身子说,"山那么高的人!"

"三大件"

"呜呜——呜——"

"爸爸你看。"黄大年嘴里学着轮船鸣笛声,把手里的纸船递到黄方明眼前说,"我也能造大轮船啦!"

"真漂亮。"黄方明看着儿子用纸叠的船,心里想:我刚讲完李四光做铁皮轮船的故事,他随后就叠出一只纸船来,好儿子!可嘴上却说:"纸船可不行,一沾水就湿了。"

黄大年四下看看,张开两手说:"我不是没有铁皮吗?有的话,也能造出像李四光爷爷那样的铁轮船来。"

"我儿子一定能!"黄方明鼓励说,"不光能造大轮船,还要像李四光那样,把你的聪明放在努力学习上,学好本领,报效国家。"

那只纸船,不知什么时候在黄大年手里变成了纸飞机。"飞啦!"他喊了一声,扬起胳膊,把纸飞机用力掷出。

纸飞机先是直直地向前飞,然后借着气流在半空中画着曲线,蝴蝶似的飞向山谷,最后钻入雾气里,没影了。

"怎么?变成了纸飞机?"黄方明问儿子。

黄大年向爸爸摇动着一双小手,嘻嘻笑着。

黄方明跟着儿子呵呵笑。

父子的笑声在雾气里翩翩起舞,如一群红顶鹛飞进远方的水松林。

儿子突然歪头偷看着爸爸笑。

爸爸不知道发生了什么,觉得儿子的眼神很奇怪。

黄大年时常这样,弄得爸爸莫名其妙。

"怎么啦?"黄方明问儿子。

黄大年的目光转向耸立的大山说:"大山戳在地面上,像一根根胡萝卜似的,能看得清清楚楚。

可是，地下的'萝卜根'是什么样子的？我们看不到啊！"

"能看到，能看到……"黄方明从地上捡起一块石头，掂了掂说，"从这块石头就能看到地下……"

"地下有什么呀？"

"藏着东西啊！"

"什么东西？"

"金矿啊！银矿啊！铁矿啊！铜矿啊！"

"还有石油。"

"你怎么知道？"

"李四光爷爷就是找石油的科学家。"

"你知道靠什么来找金矿、银矿和石油吗？"

黄大年摇摇头，不吭声了。

黄方明说："靠物探。"

"物探是什么呀？"

"物探嘛……就是地球物理勘探。说了你也不懂。"

"不懂才问的嘛！"

"好好！给你讲。物探，是地球物理勘探的简称，就是以岩石、矿石或地层与围岩的密度、磁化性质、导电性、放射性等物理性质差异为基础，对地球的各种物理场分布及其变化进行观测。在这个基础上，为探测地球内部结构与构造，寻找能源、资源和环境监测提供理论、方法和技术支持，为灾害预报提供重要依据。"黄方明说得很专业。

黄大年听不懂，可还是问："这就能看到地下的东西了？"

"著名的地球物理学家赵九章先生是这样形容地球物理学的：'上穷碧落下黄泉，两处茫茫都不见。'"黄方明将目光移向窗外。

"'两处茫茫都不见'，我懂，就是像山里起大雾，什么都看不见。可……'上穷碧落下黄泉'是什么意思？"

黄方明就喜欢儿子刨根问底的劲儿，说："'上穷碧落下黄泉'比喻上天入地，到处都找遍了。"

"哦！"黄大年明白了，冲爸爸攥攥小拳头，"上天入地，把地下的东西找出来。"

黄方明虽然清楚儿子只有十岁，理解不了物探的专业术语,可还是想让他多知道一些,于是说:"地球物理勘探探索地球本体及近地空间的介质结构、物质组成以及形成和演化,研究与其相关的各种自然现象及其变化规律。"

"规律……可是,用什么找规律啊?"

黄方明掰着手指说:"地质队员靠的是工具锤、罗盘、放大镜这'三大件'。"

"'三大件'……"

黄方明看儿子还是不太明白,接着说:"锤子,是用来敲打岩石的,看看是什么石头;罗盘是用来研究方向、方位、间隔和磁场的变化规律的;放大镜可以让我们观察肉眼不易看到的岩石特征或内含物质。"

黄大年"嗯嗯"着低头踱了两步,停下来,朝着大山挺直身子说:"爸!我也要'三大件',当一名地质队员。"他挥着小拳头往下敲了两下,"我也要敲地球。"

黄方明抚摸着儿子的头顶说:"我儿子一定是最棒的地质队员。"

之后好几天,黄大年没再缠着爸爸讲故事。

中华先锋人物故事汇 黄大年

这天，黄方明下班回来，刚进家门，黄大年就拉着爸爸的衣襟说："爸爸快来看。"

黄大年拉着爸爸到他的小书桌前，指着桌子上的三样东西说："我的'三大件'。"

哟！真的是"三大件"啊！

螺栓加个木柄，工具锤；瓶子底固定在铁皮圈上，放大镜；硬纸板上装个铁片针，罗盘。嚯！还真挺像的。

黄方明没想到，跟儿子说"三大件"，儿子当真了，还做得有模有样。

"李四光爷爷能用铁皮造大轮船，我怎么就不能做'三大件'？"黄大年拿起"锤子"挥了两下，"以后，我肯定会有真的'三大件'。"

黄方明为儿子的作品感到欣慰，也为儿子的志向感到自豪，但说给儿子听的只有两个字："一定。"

乒乓乒乓

"我国乒乓球选手庄则栋,在南斯拉夫的卢布尔雅那举行的第二十八届世界乒乓球锦标赛上,采用他独特的直拍中近台两面快攻打法,获得男子单打冠军,实现了世锦赛男子单打三连冠。"

收音机里传出振奋人心的消息。

"嗷嗷!中国队赢啦!中国赢啦!"黄大年高兴得跳了起来。

收音机里继续传出好消息——

"中国运动员在七个项目的比赛中,共夺得五项冠军、四项亚军和七项季军。中国乒乓球队连续第三次获得男子团体世界冠军,中国女子乒乓球团体也取得新的突破,在决赛中击败曾经四连冠的日本队，首次捧起考比伦杯。"

"爸爸！"黄大年挥舞着手里的"乒乓球拍"，跑到黄方明面前说，"中国队，冠军！中国队，冠军！"

黄方明拿过黄大年手里的乒乓球拍，看了一眼说："等爸爸去城里时，给你买个真的。"

"太棒啦！"黄大年拿过爸爸用胶合板给他做的乒乓球拍，猛地挥了个正手攻球，高兴地说，"我练好了，也能当庄则栋，也能为祖国夺冠军！"

"爸爸一定给你买。"黄方明向儿子保证。

黄大年举着胶合板乒乓球拍，在爸爸眼前晃动着说："可要'红双喜'牌的哟！"

"好好好！"黄方明狠了下心说，"'红双喜'就'红双喜'。"

"走啊！打乒乓球去！"

小伙伴农擎天从外面跑进来，冲黄大年喊。

"又来叫我……"黄大年一边跑，一边说，"上次输了不服是不是？再战！"

"这回不打球……"农擎天转转眼珠，卖了个关子说,"跟打乒乓球有关。"

"什么有关?"

虽然农擎天没赢过黄大年一次,可黄大年很佩服他不服输的劲儿。农擎天名字叫"擎天",一股顶天立地的气势,可他的个子比黄大年矮半头,皮肤像山上的石头一样黝黑,脾气也跟石头一样硬。黄大年问过他,为什么起了这个名字。农擎天说,他母亲到山上采菌子,把他生在擎天树下了,他父亲就给他起名叫"擎天"。

黄大年知道,擎天树是当地人的叫法,这种树的学名是望天树。这种大树高得要人仰头望,树梢插进云朵里,爬上去怕是要半天时间。"望天"没有"擎天"气派,黄大年很佩服农擎天老爸给儿子起的名字。

黄大年跟着农擎天来到他们打乒乓球的地方。

眼前所谓的乒乓球台,就是黄大年带领伙伴们,用土坯堆成的平台,修在高大的楠竹林下。楠竹长得很高,怕是能触到云彩。楠竹的茎干很粗,粗得能跟小孩的腰相比。巨大的竹冠弯下来,酷似一柄大伞,雨天能挡雨,晴天能遮阳。

"不是打不过你，"农擎天指着台子说，"是台子不平，球一落上去就被坑洼垫飞了。"

还是不服，找借口。

黄大年想讽刺几句，可看了农擎天的犟劲，只好说："你是说把乒乓球台子弄平整了，你就能赢我？"

农擎天使劲点头："嗯！"

黄大年逼问："我把台子搞平整了，真能赢我？"

农擎天双臂一抱："能！"

黄大年说："这好办。"

其实，黄大年早就想把台子修平整了，就是一时没找到材料。不过前天在学校工地那儿发现了石灰、水泥，这是再好不过的材料了。

这时，别的小伙伴也来了。

黄大年站到乒乓球台上，把修乒乓球台的事一说，立即得到大家的响应，呼啦啦奔向学校的建筑工地。

学校的建筑工地上正在建厕所。以前，学校没有厕所，老师学生们要到校外的野地里解手，很不方便。

黄大年把想要些材料修整乒乓球台的想法向工地师傅一说,师傅们马上答应了。不过,装在袋子里的不能动,只能捡掉落在地上的水泥、石灰。

马上动手。

"选没干的捡。"黄大年指挥着小伙伴们。

大家一起动手,把掉在地上的湿水泥、石灰收拾到废水泥袋里。

正要往回走,黄大年叫住大家。他发现了一个瓶子,便捡起来说:"大家再找找瓦片什么的。"

农擎天不解地问:"捡这些东西干什么?"

黄大年不答,神神秘秘地说:"到时候你就知道了。"

于是,大家捡了瓦片、玻璃瓶子等材料,唱起了他们自己编的《乒乓球歌》:"中国乒乓球队,乒乓乒乓,天下无双!乒乓乒乓乓,乒乓乒乓乒,乒乓乒乓乓,乒乓乒乓乒,乒乓乒乓,乒乓乒乓乒……"一边唱,一边蹦蹦跳跳往回走。

"听我的指挥,"来到台子前,黄大年吩咐着,

"每人找一根木棒,我和农擎天铺水泥和白灰,然后大家用木棒在上面拍打。"

大家说:"是。"

吩咐完,黄大年和农擎天把红土、白灰、水泥混在一起,洒上水,搅拌均匀,再一锹一锹均匀铺到台子上。

小伙伴们挥起木棒,嘭嘭嘭地拍打,一边拍打,一边唱着"中国乒乓球队,乒乒乓乓,天下无双!乒乒乓乓乓,乒乓乓乓乓,乒乓乓乓乓……"真是快活。

黄大年观察着拍打的进度,见灰浆拍实了,又吩咐:"停!"

农擎天问:"怎么不拍了?"

黄大年指着瓶子和瓦片说:"用瓶子、瓦片擀压,擀出光来。"

哦!农擎天和小伙伴们这回明白了黄大年要他们捡瓶子、瓦片的用意。

"不要急,慢慢擀。"

在黄大年的指挥下,一个平整光滑的乒乓球台子出现在大家眼前。

"嚯！真棒！"大家欣赏着自己的劳动成果，笑容挂在脸上。

"农擎天，你还怨不怨台子了？"黄大年冲农擎天举举球拍。

"明天开战！"农擎天当然不服。

第二天，大家来到乒乓球台前，伸出手摸摸台面，光溜溜的，比脸蛋都光滑，大家争着要打第一场。

"按规矩来。"农擎天站到台前说，"大年和我总是排第一、第二，我们先来。"

小伙伴们认同，因为规矩是谁赢谁继续玩，输了的出局。

黄大年和农擎天开打，七分制，乒乒乓乓，农擎天很快以5∶7输给了黄大年，出局了。

农擎天站在一旁，看着别人跟黄大年打，还是不服，却也无奈，谁让黄大年那么厉害，总是能继续打下去呢！

半只烤鸭

爸爸回来啦!

大年和弟弟大文扑上去,看看爸爸带回了什么。

是什么呀?

不用眼睛看,鼻子已经知道了——好吃的!

纸包里肯定是烤鸭,再不就是烧鸡。

爸爸打开纸包,里面是一只烤得紫红的烤鸭。

香气扑鼻!

大年和大文盯着桌子上的烤鸭,谁也没伸手——爸爸妈妈没发话。

妈妈过来拿起烤鸭说:"不能一顿都吃光。"

弟弟大文咂着嘴说:"那我们要吃多少啊?"

黄大年拉过弟弟说:"先给你吃。"

大文冲哥哥龇牙笑了。

"不能香就香一顿,"妈妈说着,到厨房把烤鸭切成两半,拎出半只来,"一半这顿吃,另一半留着下顿吃。"

"真香!真香!"大文吃完了还咂着嘴,眼睛瞥着妈妈放烤鸭的橱柜。

黄大年刮着弟弟的鼻子说:"可别偷吃哟!"

"嘿嘿!"大文笑着唱起了儿歌,"馋嘴巴,掉下巴;掉下来,掉到哪儿,一掉掉到地底下……"

"你也别偷吃呀!"妈妈冲大年说,"我知道乖儿子不会的。"

"那当然。"黄大年歪着头冲妈妈笑。

两个儿子都说不偷吃。到了傍晚,妈妈要拿出留下的半只烤鸭当晚饭吃,可是那半只烤鸭不见了。

"大年!大文!"妈妈从屋里喊到屋外,不见他们的影子。

难道烤鸭长了翅膀,飞了不成?

"唉!"

妈妈叹了口气,跟自己叨念:"哪个小孩不是馋嘴巴呀!"

不过,让妈妈弄不明白的是,两个儿子从来不偷吃啊,今天是怎么了?

妈妈又来到院子外面喊,还是没有人应答。

大年去哪里了?

黄大年当然听不到妈妈的喊声了,他现在正在一个防空洞里。

到防空洞里去做什么呀?

你看到蹲在那儿的阿仔没有?垂头丧气的。

阿仔是大年的小伙伴,他怎么躲到防空洞里来了?

阿仔犯错了。

阿仔在放猪时,一时没留神,一只猪崽掉到岩缝里,弄伤了腿。阿仔爸爸刚喝了酒,借着酒劲儿操起木棍就要打他。阿仔妈妈见了,赶忙上前抓住木棍,阿仔趁机逃走了,逃到了防空洞里。

"阿仔!阿——仔——"阿仔妈妈四处呼喊,"你阿爸不打你啦——快回来吧!"

喊声在山谷里回荡，可阿仔听不见，他没在大山里。

妈妈找不到儿子，边往家走，边嘀咕："这孩子，躲到哪儿去了？"

她不知道的是，阿仔钻进了一个防空洞。

天渐渐黑了，阿仔有些害怕，一个人在防空洞里过夜，他还是第一次。

"阿仔！阿仔！"

"大年？是大年！"

阿仔听出是黄大年的喊声，从洞口探出头，小声说："我在这儿。"

"你妈妈喊你，没听见？"黄大年到阿仔跟前问，"害怕了吧？"

阿仔胸脯一挺说："我才不怕呢！"

"不怕你怎么打哆嗦？"

"我……我……冷的。"

"别装了。你妈妈可着急了，快回去吧！"

"回家还是躲不过挨打……"

"那怎么办？"

咕噜！咕噜！咕噜噜！

黄大年听到阿仔肚子里有一只山斑鸠在叫。

"饿了吧?"

"不饿。"

"不饿?嘻嘻!肚子里的山斑鸠都叫了。"

阿仔捂捂肚子说:"是饿了……"

"别急,我给你弄好吃的去。"黄大年说着,转身离开了防空洞。

阿仔望着黄大年的背影,一脸期盼。

黄大年跑回家,蹑手蹑脚进了屋,不知怎的,心慌得很,怦怦怦地像要跳出来似的。他下意识地捂住胸口,可咚咚的心跳声还在耳朵里敲鼓。他稳了稳呼吸,四下看看,见妈妈和弟弟不在,便赶忙把橱柜里的半只烤鸭拿出来,用纸裹了裹,揣进怀里……

阿仔见是半只烤鸭,高兴得不敢接,嘴里嘟囔着:"你……你该不是从家里偷出来的吧?"

"饿了,你就只管吃好了。"黄大年装出不在乎的样子说,"自己家的东西,不算偷。吃吧!"

阿仔真的饿极了,抱着烤鸭一阵啃,一会儿就把烤鸭消灭了。

"肚子不叫了,你就先在这儿待着,我回去探探风。"黄大年说,"等我回来。"

黄大年走了,阿仔在他身后喊:"别把我阿爸领来。"

又过了一个小时,阿仔听到妈妈的喊声。

黄大年带路,领着阿仔的妈妈来到防空洞前,冲洞里喊:"阿仔,我没领你阿爸,是你妈妈。"

阿仔这才钻出防空洞,一头扎进妈妈怀里,哭起来。

"回家吧!你阿爸说不打你了。"妈妈牵着儿子的手回家了。

黄大年也回到家,迎接他的是爸爸严厉的目光。

"我……我回家晚了……"黄大年还记得不许天黑才回家的家规。

黄方明瞅瞅儿子的嘴巴,还凑近抽抽鼻子问:"你没偷吃那半只烤鸭?"

黄大年摇头说:"我……我没偷吃。"

大文在一旁说:"哥,半只烤鸭没了。"

妈妈说风凉话:"你没偷吃,大文没偷吃,那是让猫给叼走了?"

黄大年看看弟弟一脸委屈的神情,声音低低地说:"是……是让我偷了,可没吃。"

爸爸追问:"你没吃,那哪里去了?"

黄大年只好坦白,声音在嗓子眼里咕哝:"是……是给阿仔吃了……"

"为什么?"爸爸要问个明白。

黄大年只好把自己偷了烤鸭给阿仔吃的经过说了一遍,然后静静地站在墙角,等候爸爸发落。

"知道做错了吧?"妈妈质问。

"我错了……"黄大年承认。

黄方明听完了儿子讲的缘由,没生气,也没发火,反而说:"儿子,你做得对。"

"啊!"黄大年出乎意料:爸爸怎么原谅了我,还说"对"?

深潭救伙伴

小孩子天生喜欢玩水,特别是夏天到野外的河里、池塘里游泳。

由于地质队经常搬迁,现在黄大年一家跟随广西第六地质队,居住在距离县城七公里的七里桥。

平常和黄大年一起玩的小伙伴,也都是地质队职工的孩子,和大年一样跟着爸爸妈妈一起迁徙。

七里桥这里一到雨季,珠江、郁江的洪水就会溢出内河河堤,涌向各条支流。

有一条支流经过七里桥,每年都会在这里留下大大小小的水坑,水坑里往往会隐藏着深潭。

深潭有多深?没人知道。

酷暑时节,雨天湿热,阴天闷热,晴天燥热,满世界都像大蒸笼似的,让人觉得身体在膨胀,呼出的热气烫鼻孔。

这个时候,到水里玩一玩,洗个澡,游会儿泳,该多么清凉畅快啊!

"嗷——"

一群男孩子叫喊着朝七里桥跑去。

七里桥旁有一个大水坑,是洪水过后留下的,晴天水清得发蓝,阴天水清得发绿。

扑通!扑通!

小伙伴们脱下背心、裤衩儿,纷纷跳下水,激起的水花在阳光里闪烁。

黄大年在伙伴中水性最棒,游得快不说,扎猛子在水下憋的时间也最长,小伙伴们没有一个不服气的。

这个大水坑近岸水浅,离岸边十来米的地方也就齐腰深,可过了这个距离有多深,只有黄大年知道。

"谁知道那里有多深?"农擎天指着大水坑中间说,"没人知道吧?"

阿仔说:"你知道吗?"

农擎天摇着头说:"我想知道,可扎猛子不行。"

大家的目光聚向黄大年。

黄大年没说什么,一个猛子扎下去……

小伙伴们看着水面泛起的气泡,数着数:"一、二、三、四、五、六……"一直数到十八,黄大年才钻出水面,举起一只手,游向岸边。

原来他手里抓着一把水底的淤泥。

"我估计,少说也有四五米深。"

他把手里的淤泥给大家看。

"这么深,都别往里头去了,"阿仔对大家说,"危险。"

"阿仔说得对。"黄大年说,"水性不好的,要当心。"

"啊!啊啊——"

"快!快呀!"

"有人淹着啦——"

"救人啊——"

"快救人啊——"

黄大年赶紧转身,发现一个小伙伴溺水了,正在水中挣扎。

这是一个新搬来的男孩,大家还不知道他的名字,只是听他妈妈叫他回家吃饭时,喊"小鼎"。

小鼎刚才见黄大年往池塘中央游,也就跟着游去,没想到在离岸边十几米处落脚时踩空了。

俗话说:脚下没根惊断魂。

小鼎脚下一空,心一慌,一连喝了几口水,更蒙了,双手胡乱扑腾着,连"救命"都没喊出来。

黄大年飞速游到小鼎跟前,一把抓住他的胳膊。可是没料到,小鼎反倒一把将黄大年的一只手抓住了,抓得死死的。

溺水的人一旦抓住什么东西,死也不撒手。

怎么办?怎么办?怎么办……要是被小鼎这样抓着,不仅救不了他,自己也活不成……黄大年虽然害怕,可是没慌,他稳住神,沉住气,心里想着对策——只有摆脱小鼎的手,才能救他,也才能救自己。

于是,黄大年用另一只手使劲掰开小鼎的手指,猛地一抽,然后转到小鼎身后,推着他的后背朝岸边游。

农擎天和阿仔早已经找来一根树枝,伸向岸边的小鼎。

小鼎抓住树枝,被拉了上来。

黄大年随后上岸,说:"快把他翻过来,控水。"

大家把小鼎头朝下放到一块大石头上,然后拍打他的后背。

小鼎哇哇吐了一阵子水,两眼怔怔地看着大家。

阿仔冲他喊:"大年救了你。"

农擎天也说:"是大年。"

小鼎看着黄大年,却什么也说不出来,哇地哭了。

黄大年拍拍小鼎的肩,回过头和大家说:"这些水坑都很危险,咱们以后还是别在水坑里游泳了。"

小伙伴们看看水坑中没有一丝波纹的水面,又看看正在抽泣的小鼎,都默默地点了点头。

拦住火车

这天,黄大年和同学司志刚结伴走在回家的路上。

司志刚最爱和黄大年一起回家了,因为大年有讲不完的"为什么"。

"大年,今天讲什么?"司志刚问。

此时,两只杜鹃从他们头顶飞过,留下"布谷布谷"的叫声。

司志刚指着飞过的杜鹃说:"就讲讲布谷鸟吧。"

"好啊!"黄大年说,"杜鹃会把蛋下在别的鸟的窝里。知道为什么吗?"

司志刚摇头说:"是啊!杜鹃为什么把蛋下到

人家窝里呀？"

黄大年说："杜鹃是'寄生鸟'，就是它自己不做窝，也不孵化，更不喂养自己的孩子。把蛋产到别的鸟的窝里，就什么都不管了。"

"那窝的主人不会把杜鹃的蛋推出去吗？"司志刚提出新的问题。

"是啊！"黄大年说，"志刚，你知道变色龙吗？"

司志刚说："当然知道。变色龙的身体颜色能随着它身处的环境变化，在绿色的环境中就变成绿色，在红色的环境里就变成红色。"

"对了。"黄大年接着说，"杜鹃下的蛋就像变色龙一样，蛋壳的颜色和花纹会和窝主的蛋相似。"

"哦！让窝主分辨不出来。"司志刚明白了。

"杜鹃幼雏孵化出来后，为了减少争食，会把人家的卵和幼雏推出巢外。"

"太可恶了！"司志刚愤愤不平。

"这是鸟类的生存竞争。"黄大年说，"窝里只剩下杜鹃一只幼雏，窝主就只喂养这一只鸟儿，一直喂养到它飞出窝。"

此时,一辆拖拉机突突突地从他们身后驶过去。

司志刚眼睛一亮,指着拖拉机说:"我们搭顺风车怎么样?"

"脚没在你腿上长着啊?"黄大年拉住司志刚。

司志刚踢踢脚说:"踏破铁鞋无觅处,得来全不费工夫。"

"什么呀!"黄大年撇撇嘴说,"尽胡诌。你知道前两句是什么?"

司志刚撇撇嘴,说不上来。

黄大年摇晃着脑袋,装作古人吟唱的样子道:"崆峒访道至湘湖,万卷诗书看转愚。"

"什么意思?"司志刚将黄大年一军。

"说来话长啊!"黄大年放慢脚步,讲解起来,"这是宋代诗人夏元鼎的《绝句》里的诗句。崆峒是山名,在甘肃平凉西边。湘湖呢,是在西湖附近。意思是说,为了学道,我从崆峒一路寻访辗转到湘湖,越想从诗书中找寻答案,反而变得越痴愚。"

"哦!"司志刚似乎明白了,"'踏破铁鞋无觅处,得来全不费工夫',就是说,即使把最结实的鞋都磨穿,还是一无所获,没想到最后答案竟毫不费力地出现在眼前。"

"拖拉机就在眼前。"黄大年说着,加快脚步追赶拖拉机。

"追不上的……"司志刚紧跟着黄大年,一会儿就气喘吁吁了,放慢了脚步。

黄大年回头对司志刚说:"在前面停下了。"

他们跑到拖拉机跟前,发现拖拉机停在铁道上了。

"司机师傅,怎么停在铁道上?"司志刚上前问。

"车轮卡在铁轨上了。"黄大年看了看说,"快帮忙推吧!"

于是,他们两个一起使劲地推,司机在驾驶室里加大油门,一阵子"突突突",拖拉机只是晃动,车轮死死地卡在铁轨里。

怎么办?

黄大年想起阿基米德"给我一个支点,我就

能撬动地球"的名言,说:"要是有一根木棒就好了。"

司志刚四处张望,可去哪儿找木棒啊?

木棒没找到,火车却来了。

呜呜——

火车的汽笛声从远处传来。

拖拉机司机跳下驾驶室,慌张地朝火车驶来的方向看,急得直跺脚。

司志刚不停地催促黄大年:"快想想办法,怎么办?"

火车铿锵的声响越来越近……

如果不拦住火车,恐怕就会……黄大年不敢去想后果。救火车,怎么救?情急之中,老师给他们讲的河南少年"红领巾救火车"的红领巾,仿佛在他眼前闪过;解放军欧阳海为救列车舍身推战马的身影,在他眼前晃动……可是今天没有戴红领巾,怎么办?

"志刚,你戴红领巾了吗?"他忙问司志刚。

司志刚张开双手说:"没有啊。"

"没有红领巾……"黄大年还在急速地思索,

"用什么能给火车报警呢?"

一阵风吹过,掀起衣襟。

"哦!有了!"

黄大年心头一亮,急忙脱下白色的上衣,跑上铁道。

"你要干什么?"司志刚跟了过去。

"拦住火车。"

黄大年把回答丢在身后。

呜——隆隆隆隆——

火车的声音越来越近。

黄大年把上衣高高举起,拼命地挥舞着,大喊着:"前面有危险——赶快停车——停车——停车——"

火车拐过一个弯道,露头了。

黄大年还是迎着火车向前跑着,嘴里还在大声呼喊着……

火车与黄大年越来越近,越来越近……

"快躲开!"司志刚朝黄大年喊。

"我躲开了,火车司机看不见怎么办?"黄大年的心跳声与火车车轮撞击铁轨的声响融在一起,震得他头昏脑涨……

白色上衣还在黄大年头顶上挥舞——

终于,火车司机发现了前面的情况——一个少年挥舞着白色衣服——有险情!

吱——吱——吱——

火车司机紧急拉闸,车轮与铁轨摩擦,冒出一溜儿火星……

吱——吱——吱——

火车逼近了黄大年,尖厉的刹车响声不但咬耳朵,还扎心。

"快躲开!躲开——"

一旁的司志刚见火车与黄大年距离只有四五米,急得失声大喊。

就在火车头要撞到黄大年时,他就地一滚,滚下路基,滚进了蒿草丛。

火车又往前滑行了十几米,在拖拉机前停下来。

哧——

火车放出一团蒸汽。

火车司机、黄大年、司志刚、拖拉机司机,都

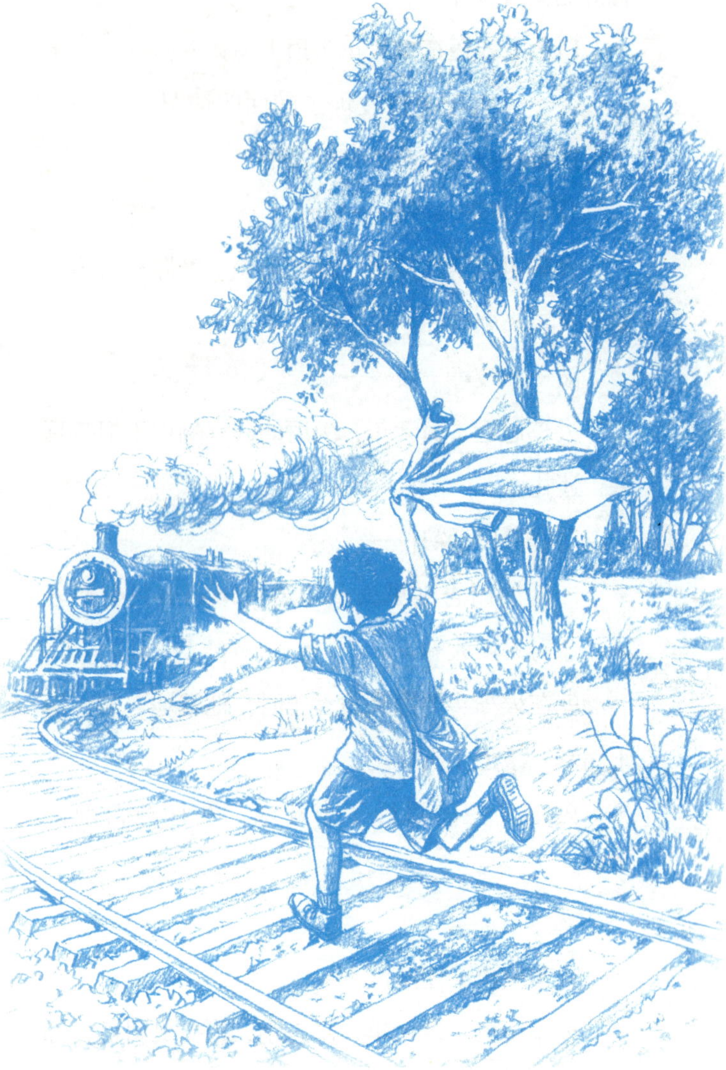

长长出了口气。

火车司机从车头上跳下来,握住刚刚爬上路基的黄大年的手。

拖拉机司机的脸吓得煞白,嘴唇哆嗦着说不出话。

司志刚跑过来用力拍了下黄大年的肩膀说:"你真棒!"

"小同学,谢谢你呀!你阻止了一次重大事故的发生。"火车司机还在惊悸之中,声音发颤。

黄大年穿上衣服说:"叔叔,多亏你发现了……"

"看到你挥舞的白衣服才发现险情。"火车司机说着,才想起来问话,"小同学,你叫什么名字?"

"没有这个小同学,怕是……"拖拉机司机不敢往下说。

黄大年看看司志刚,没吭声。

不一会儿,附近火车站的领导和工人们赶来了。

"我认识他,是黄老师家的孩子。"一个工人认出了黄大年。

司志刚指了下黄大年说:"他叫黄大年。"

"快回家吧!"黄大年拉起司志刚,跑开了。

避免了火车与拖拉机相撞,化解了一场重大事故,这可不是一件小事,火车站第二天就给学校送来了表扬信。

早操的操场上,校长宣读了这封表扬信。

操场上响起暴风雨般的掌声……

掩护

广西六万大山，山高林密，山道崎岖，野兽出没。你知道吗？"六万大山"其实不是指大山的数目，"六"是壮语"山谷"的近音，"万"的壮语意思是"甜"，合起来就是"甜水谷大山"。

地质队开赴六万大山，家属也就随着搬到这里，孩子们上学要到离村子十多里的学校。山上经常有野猪、大灵猫、果子狸、椰子狸、山獾、华南虎、金钱豹、黑熊、貉、豺等野兽出没，所以上学路上很危险。

为了防备野兽袭击，村子里的孩子们总是结伴上学，互相壮胆。

这天，黄大年和同村的小伙伴们唱着歌儿走在上学路上。他们爬上山岗，穿过大片的甘蔗林，钻过茂密的竹林，蹚过潺潺流淌的山溪。

阿仔从路边的芭蕉树上折了一片大大的叶子遮在头上，问身边的黄大年："你见过这里的野兽吗？"

黄大年跟随爸爸搬来时间不长，进山次数也不多，没见过什么野兽，便摇摇头。

阿仔还问："见过大老虎吗？"

"在动物园见过。"黄大年回答。

"那不算野兽，"阿仔说，"动物园里的和野外的不一样，野外的才是野兽。"

黄大年反过来问他："那你见过什么野兽？"

阿仔眨眨眼说："我见过蛇。"他用手比画着，"这么粗、这么长的大蛇。"

"净吹牛！"农擎天白了阿仔一眼说，"哪有水缸那么粗的蛇？"

阿仔遭到奚落，梗着脖子说："那我见过大野猪。"

"又吹。"农擎天撇嘴，打趣说，"我还见过大象呢！谁信啊！"

"真的……"阿仔的声音小了。

"你是听说过吧？"农擎天靠近阿仔说，"我替你说吧！是你二舅见到过……"

于是，他讲起了阿仔二舅与野猪的遭遇——

那天，阿仔的二舅在清水溪岸边放牛，正在树荫下坐着，突然一只野猪从灌木丛里蹿出来。阿仔二舅一惊，慌忙站起来，朝野猪甩动牧羊鞭。然而，鞭子啪啪的响声，没能阻止野猪的袭击。转眼间，野猪就把阿仔二舅撞倒压在了身下，发疯地撕咬。这时，阿仔二舅家的两条家犬狂吠着扑向野猪。趁野猪分神的瞬间，受了重伤的阿仔二舅一咬牙，起身爬上一棵苹婆。野猪不顾两条狗的攻击，反身撞向苹婆，把树上的果子撞得哗啦哗啦往下落。家犬见野猪还在攻击主人，奋力扑过来，一条狠狠咬住野猪的脖子，一条狠狠咬住野猪的后腿。野猪可能被咬疼了，掉头朝山里逃去……山民们赶来，从树上救下阿仔二舅，再寻找野猪，发现野猪因流血过多，已经死在了野葡萄藤下。

"你说，我讲的对不对？"农擎天不依不饶，对阿仔说，"你见过？你是吃了野猪肉才听说的。"

掩护

阿仔被揭了短,默不作声了。

山里有一句老话:说什么,来什么。

他们刚刚爬上一个小山坡,就听路旁的灌木丛中窸窸窣窣响,树木摇摇摆摆,肯定有动物藏身!

黄大年一下子僵在那里,腿微微发抖。他屏住呼吸,眼睛紧紧盯着灌木丛,张开双臂,把小伙伴们挡在身后,低声说:"都别动。"

大家站在那儿,大气儿不敢出。

灌木丛一阵响,一只野兽探出头来。

"野猪!"农擎天惊叫。

面对凶悍的野猪,黄大年脑中一片空白:怎么对付眼前的野猪?

哗啦!

是阿仔手里的芭蕉叶。

黄大年脑中划过一道闪电,他将阿仔手里的芭蕉叶夺过来,双手握紧叶柄,摆出迎击野猪的姿势,扭头对大家喊:"快跑!"

大家都慌了。

慌不择路。

因为身处坡顶,小伙伴们就顺着山坡叽里咕噜滚了下去。

野猪朝黄大年冲过来。黄大年挥舞着芭蕉叶，野猪嘴里嗷嗷叫喊着，没有后退的意思。

野猪在他面前停下了，呼哧呼哧喷着粗气，弯弯尖尖的獠牙像刀子一样锋利。

"僵持不得……"黄大年对自己说，"且战且退……"

于是，他把芭蕉叶摇得哗啦哗啦响。

野猪被芭蕉叶的响声吓得一愣，不敢动了。

黄大年赶紧后退，可他忘记了身后是山坡，又被脚下一块石头绊了一下，也叽里咕噜滚了下去。

一阵剧痛……他想站起来，可是失败了。

过了不知多久，小伙伴们寻来，发现黄大年躺在树丛里，站不起来了。

黄大年看着安然无事的小伙伴们，长长呼出一口气，心也跳得稳当了。

"没事吧？"农擎天问。

黄大年说："你们没事，我就没事。"

农擎天蹲下来看了看黄大年的腿说："什么没事啊！大年，你的腿摔断了。"

"腿断了,还说没事……"阿仔说,"那怎么办?"

"还愣着干什么?"农擎天发令,"抬回去呀!"

大家便抬着黄大年,返回村子。

别的小伙伴有的手臂伤了,有的头磕破了点皮,有的衣服被剐破了,但都无大碍。

村民们都夸奖黄大年——

"要不是大年这孩子挡住野猪,我们孩子怕是躲不过去呀!"

"为了同学,自己却摔断了腿……"

"从小看到大,大年这孩子长大了准有出息。"

"别夸奖他了,"黄方明对乡亲们说,"大年他就是胆大,什么都敢出头,没什么。"

黄大年的腿骨折了,到医院打了石膏,医生说恐怕要半年不能走路了。

虽然黄大年的腿摔伤了,可他却成了同学和小伙伴们心中的大英雄。

魔书

黄大年和黄大文兄弟俩有一套魔书。

什么魔书啊?

嘘——

保密。

为什么要保密啊?

在孩子堆儿里,谁都想有拿手的绝招。不然,谁服你呀!

黄大年的爸爸黄方明是一位教子有方的老师,他不给孩子们买什么玩具,也不经常给孩子们买好吃的。那天,黄方明从贵县县城回来,手里只拎了一个四四方方的纸包。

什么东西呀?

肯定不是好吃的。

爸爸把用纸绳捆扎的黄色马粪纸包放在桌子上。

两个儿子趴在桌沿上,盯着纸包。

爸爸慢慢地把纸绳解开,把黄纸打开,露出了里面的东西。

"哇——"

大年和大文几乎同时叫了起来:"《十万个为什么》!"

黄大年看着爸爸问:"书里真的有十万个'为什么'吗?"

"十万个,数都数不过来。"大文掰着手指头。

"呵呵!"爸爸笑了,说,"其实,《十万个为什么》书名是借用了苏联科学文艺作家伊林的科普读物《十万个为什么》。而伊林呢,又是从诺贝尔文学奖获得者,英国作家吉卜林的诗句'五千个在哪里?七千个怎么办?十万个为什么?'中的'十万'得来的。'十万'是虚指的数字,不是实数。"

"原来是虚数呀!"黄大年明白了。

大文点着头说:"我也明白了,我就不数了。"

"要珍惜这套书,好好读。"爸爸拿起一本,在手里掂掂说,"虽然书很轻,可里面的知识很沉,要一点儿一点儿装进脑子里。"

"都装进脑子里。"大文拿起一本翻看。

"你又不认识几个字,"黄大年说,"轻点,别翻坏了。"

大文歪着头说:"我认字不多,你可以给我讲啊!你是哥哥,就要给我讲。"

"霸道"的弟弟总让黄大年这个当哥哥的没办法。

从此,《十万个为什么》就成了兄弟俩最喜欢的读物。他们天天看,日日翻;看不够,翻不完。这套书里面有很多很多他们想要弄懂的知识,这些知识可是兄弟俩的"撒手锏"。

同村的小伙伴跟别人玩的是泥巴、捉蚂蚱、捉迷藏;跟黄大年哥儿俩玩,是玩"为什么",有趣。

小鼎家是从东北大庆搬来的。广西大山里的一草一木都让小鼎觉得稀奇。

傍晚,小鼎在村头遇到黄大年和黄大文哥

儿俩。

"大年哥,这些大树长得真高。"小鼎指着粗大的楠竹说。

黄大年纠正着:"这不是大树,是竹子。"

小鼎不懂了,问:"为什么竹子不是大树啊?"

黄大年在《十万个为什么》里看过为什么竹子是"草",于是,慢慢向小鼎讲解:通常人们把植物分成两种,草本和木本。虽然竹子可以盖房,也可以造桥,可它和稻子、麦子一样,茎是空的,属于禾本科。竹子空心,也就没有年轮了。虽然竹子又高大又结实,但它的确是一种"草"。

小鼎仰头望着高高的楠竹:"噢!这么高的草啊!"

黄大年敲了一下小鼎的额头说:"明白了吧?"

小鼎的眉头还是没有展开,他指着一旁的白桐树问:"那……为什么树干都是圆的?"

黄大年看了弟弟一眼说:"你还记得吗?"

哥哥跟他讲过,大文当然记得。大文终于有露一手的机会了。

"我给你讲吧!在圆形的树干里,藏着不少科学道理呢！你看，圆形的树干不容易被碰伤。如果树干上有棱有角，动物就能很方便地啃光树皮，还会在树干上蹭来蹭去解痒痒。这样一来，当然对树木生长不利了……圆形的树干比起方形或三角形的树干，更能够抵抗风吹雨打，风能够很容易地沿着树干的圆弧形表面滑过……所以，树干长成圆的对树木是很有利的，所以树干就是圆的啦！"大文讲得断断续续，有点背课文的味道。

"你们哥儿俩真厉害！"小鼎佩服地说，"怎么什么都知道？"

"我们有一套'魔书'啊！"

眼看大文要暴露秘密，哥哥大年赶紧捂住了大文的嘴巴。

"'魔书'？"小鼎张大了嘴巴问，"是魔法书吗？"

"别听他瞎说，"黄大年推了弟弟一把，对小鼎说，"要想脑子里有知识，就得多看书，多学习。"

小鼎一个劲儿点头，连连说："我懂了。"

"你懂些什么呀？"阿仔不知什么时候已经站在他们身后。

小鼎反问:"我不懂,你懂?"

"我不懂也没说懂啊!"阿仔说完,用鼻子哼了一下。

小鼎觉得受了阿仔的欺负,转过身去默不作声。

天渐渐暗下来,山谷一片墨绿,山间飘荡着薄薄的雾气,从雾气中不时传来一声声画眉的啼鸣。

"喂喂!你们看——"小鼎不再沉默了,指着暮色中的点点亮光喊起来。

阿仔冲他撇嘴说:"你们东北当然没有了,那是萤火虫。"

"萤火虫?"小鼎转向黄大年问,"为什么萤火虫会发光啊?"

黄大年迟疑了一下,说:"萤火虫能发光,是萤火虫体内一种叫作虫荧光素酶的化学物质和氧气相互作用,产生了光亮。"

"虫荧光素酶……是什么呀?"小鼎刨根问底。

"虫荧光素酶就是虫荧光素酶,"大文在一旁瞪着眼睛说,"这不是'为什么'。"

"虫荧光素酶里面有含磷的化学物质。"黄大年真有耐心,接着解释,"含磷的物质和氧气发生反应,常常会发出一闪一闪的光亮。"

"真长知识,真长知识。"阿仔连连说着,向黄大年投去佩服的目光。

不仅小朋友们佩服黄大年,就是老师们也很佩服他。

一天,老师正在讲课,学生们正聚精会神地听讲,突然从教室后头传来咕的一声。

老师转过身看。

同学们脸上的表情僵硬得变了形——有的像老榆树皮,有的像裂开的榴梿,有的像呆呆的木瓜,有的像眼珠凝固的死鱼……每个人都怕别人的目光投向自己,便都扭头看向其他人,还都捂住了鼻子。

显然,有人放屁。

一片寂静……

一片尴尬……

"屁……"

同学们的目光聚向开始说话的黄大年。

黄大年站起来向老师请求:"请老师允许我说说屁,可以吗?"

老师想笑,但忍住了,说:"可以的。给你一分钟。"

"好的。"黄大年泰然自若,娓娓道来,"为什么人会经常放屁?同学们别笑,放屁是一种正常的生理现象。人吃下的食物在消化时,由于消化道菌群的作用,会产生气体。这些气体在体内累积,并随同肠蠕动向下运行,由肛门排出体外,就形成了屁。"

"哦——"

同学们的手从鼻子上拿开了。

"屁的多少与人们的饮食有关。洋葱、生姜、生蒜、薯类、甜食、豆类和面食等食物含有能产生大量二氧化碳、硫化氢等气体的物质,所以爱吃这些食物的人在饭后往往会废气大增,不断放屁。"

"哈哈!"

同学们开始笑。

"科学家研究发现,人每天放屁大约十四次。屁虽然臭,但放屁是一种正常的生理需要。一个人一天到晚不放一个屁,这对健康不利。一年到头总不放屁的人,极有可能是胃肠道出了毛病,需要到医院看医生。老师,我的一分钟到了。"

同学们鼓掌。

老师也鼓掌。

黄大年在心里偷偷笑:这是我从《十万个为什么》看来的,不是什么高论。

后来,课堂上又有人憋不住,发出一声"鸽子叫",但是,再也没人故作惊讶了。

"放屁大解放喽——"下课了,调皮的同学站在凳子上高喊。

"嗷——嗷——"

同学们起哄。

但从此,大家都知道了放屁的科学道理,再也不把放屁当成多么尴尬的一件事了。

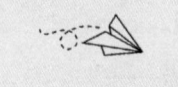

八百里路云和月

地里的甘蔗割了一茬又一茬，树上的波罗蜜摘了一年又一年，枝头上的红耳鹎孵了一窝又一窝……

白驹过隙，时光荏苒，黄大年的小学时光转眼间过去了。

"喔喔——"

跳到墙头上的大公鸡一声啼鸣，唤出了太阳。

黄大年睁开眼，太阳趴在窗台上跟他打招呼。

吃过早饭，他背上书包，准备叫上阿仔、农擎天他们去上学，可妈妈叫住了他。

"儿子，上哪儿去？"

黄大年停下脚步，转过身说："叫上农擎天他们上学啊！"

"你忘了吗？今天去罗城县。"妈妈提醒儿子，"爸爸已经去借自行车了。"

"哦！"黄大年一拍脑门儿说，"忘了要去罗城上初中了……"

黄大年小学毕业了，要上初中，可这里没有中学，只能到罗城县城去寄读。

罗城离这里有八百里，要坐爸爸的自行车，还要坐汽车，再坐火车……路途遥远。不过，黄大年随着爸爸所在的地质队辗转各地，已经是走南闯北的人了，对这个路程不打怵。

丁零零！

外面车铃响。

"爸爸借来自行车了。"妈妈说着，把早已收拾妥当的行李塞到儿子手里，"上了火车注意看好，别丢了。"

黄大年拿好行李说："妈妈放心吧！我这么大的人了，带着两只眼睛呢！"

于是，黄大年坐在爸爸的自行车后座上，来到了汽车站。

汽车开动了,爸爸还站在那里冲儿子挥手。

那一刻,黄大年的鼻子酸了,眼窝发热,眼角湿润了……车越开越远,爸爸的身影越来越小,可在黄大年心里,爸爸的身躯永远像冷杉树那样挺拔高大。

下了汽车,又上火车,下了火车,又步行去学校,颠簸了整整一天时间,天快黑才到学校。

他要寄读的是一所设在罗城县的"五七"中学,准军事化管理,很严格。

读小学时,黄大年散漫惯了,突然换了环境,换了学习生活方式,还真的有点不适应。没了农擎天、阿仔、小鼎那些小伙伴一起玩耍,也没有弟弟大文跟在他屁股后头问这问那了,也听不到妈妈的絮叨了……

不过,几天过后,黄大年喜欢上了这里的"军事化",因为他事事要强的性格有了用武之地。起床哨一响,他第一个起床穿好衣服,第一个整理好内务,第一个完成洗漱,第一个站在操场上……

哈!又是什么都第一。

"第一"让他心里充满了自豪、自信和力量。

老师不断的表扬，更加督促黄大年积极上进，处处表现优异，他一时间成了全校的标杆。

由于"五七"中学是临时成立的，缺少校舍和各种教学设备，要想把学校办下去，就得发扬南泥湾"自己动手，丰衣足食"的精神，边办学，边建设。

建校舍，要搬运砖瓦、水泥、木头，学校没有车辆运，只能靠人搬肩挑。

学生们当然闲不着，都参加到建设劳动中来。

这下子，身材魁梧的黄大年可真是有地儿使劲了。

挑砖，一条扁担俩箩筐，一次挑八块，沉重的大红砖压得扁担吱呀呀地叫，可黄大年不声不响，脚步稳健敏捷，别人挑两趟，他挑三趟。

虽然有干劲，可黄大年以前很少挑担子，他的肩膀很快被压肿了，疼，当然疼。黄大年不吭声，把帽子垫在肩头，咬着牙坚持，还是一次挑八块砖，脚步依然飞快。

老师和同学们看在眼里，暗暗佩服。

休息时，黄大年想把垫在肩头的帽子拿下来，可刚往下一揭，疼得他咝地吸了口气——肩头磨出的水疱破了，与帽子粘在了一起。

这一幕被同学赖常吉看到了。

"大家来看啊！"赖常吉喊起来。

黄大年忙去捂他的嘴，可是晚了。

同学们围拢过来，赖常吉把黄大年的衣服扒开，露出血淋淋的肩头。

"啊！"

女生吓得直叫。

"看看！"赖常吉指着黄大年的肩头说，"黄大年挑砖挑得最多，走得最快，活儿干得最多。"

"用得着大惊小怪吗？"黄大年推开赖常吉，把肩头盖上说，"破点皮就叫唤，还算什么男子汉？"

老师过来看了黄大年的肩头，说："赶快到医务室处理一下，好好休息。"

"不！"黄大年来了犟劲，"我还能干。"

"没说不让你干，你去给瓦工递砖吧！"

递砖不用磨肩膀。黄大年说："保证配合好瓦工。"

屋墙一块砖一块砖地垒起来了，瓦片铺到房顶上了，门窗也都装上了，漂亮的校舍建起来了。

有了教室，可屋子里空空的，书桌和凳子还都没有。

书桌和凳子要用木板做，没有木板，就只好用土坯搭建了。

老师带领学生们把红土打成土坯，然后用土坯搭成书桌，砌成凳子，等土桌凳干透了，老师们开始上课。

学生们都住校，一天三顿饭在校吃。学校缺少蔬菜，大家吃菜成了难题。

于是，学校发出"自己种菜自己吃"的号召。

学校外面荒地多的是，老师便带着学生们开荒整地，建起了菜园子。

黄大年虽然没种过菜，可他头脑聪慧，老师一说他就会，而且很快就上手。他把菜地整理得平平整整，将红土坷垃压成细细的土面，开好沟垄，然后播种浇水。

果然，他负责的菜地最先出苗，而且水灵灵的菜苗长得很快，没几天就绿油油一片。

"同学们看看黄大年种的菜。"老师带学生们参观,"什么事情都要细致,都要认真,都要用心来做。"

同学们真的很羡慕黄大年,不但每次考试都拿第一,干别的也是行家里手,不愧是大家学习的榜样。

转眼要放寒假了,同学们都要回家。一些同学的家离学校很近,步行一会儿就到了,可黄大年回家要赶八百里的路。有了来学校报到的经历,他一点儿也不害怕。他到火车站买票,坐着火车到镇里,然后再乘长途汽车,下了汽车就靠双脚走。

黄大年为了不让爸爸骑自行车来接,也为了锻炼一下自己,便没有把放假回家的时间告诉爸爸。

黄大年突然出现在爸爸妈妈面前,让他们大吃一惊。

爸爸黄方明没说什么,只是重重地拍了下儿子的肩膀。

"八百里路啊!"妈妈还是唠叨,"你一个人走山路,遇到野兽怎么办?"

爸爸说:"大年已经是大人了……"

比山高的是翅膀

初中的学习很快结束了。

一步三回头,黄大年背着行李,恋恋不舍地离开了自己挥洒汗水参与建设的"五七"中学。虽然已经看不见校园高高的旗杆了,可操场上"一二一""一二三四"的整齐喊声,还萦绕在耳边。

登上火车,黄大年又赶了八百里路回到家。

一进家门,妈妈就对儿子说:"毕业了?毕业考试考得怎么样?"

黄大年放下行李,到妈妈跟前说:"妈,你儿子什么时候不是第一呀?"

妈妈戳了一下儿子的额头说:"看把你能的……"

黄大年看妈妈在收拾东西,便问:"妈,这又是……"

"我们又要随着大队搬迁了。"

"搬到哪儿?"

"贵县。"

贵县就是今天的广西贵港市。

"初中毕业了,该上高中了,"黄大年问爸爸,"我要上哪所学校啊?"

"唉!"黄方明叹了口气说,"就上贵县高级中学。不过……入学考试早就结束了,我跟学校争取一下,看能不能补考。"

"爸爸,你一定要帮我争取到补考。"黄大年抓住爸爸的胳膊摇着说,"我肯定能考好。"

黄方明相信儿子的能力,点点头说:"爸爸尽快联系学校,你给我考个第一名。"

不负爸爸所望,黄大年在补考中成绩第一,顺利进入贵县高级中学读书。

又是三年苦读,高中毕业的黄大年已经是十七岁的大小伙子了。

高中毕业后怎么办?干什么?

黄大年在街上发现一张招工布告——广西第六地质队招工启事。

童年时就有的当一名地质队员的愿望,在黄大年的心头再次燃起。

"比山高的是脚。"黄大年想起爸爸说过的话,拿定主意,"我要当地质队员,用双脚丈量祖国的山岭和大地。"

他飞快地跑回家,对妈妈说:"我要报考地质队。"

"唉!"妈妈轻轻地叹气说,"要能恢复高考就好喽!"

黄大年说:"我先当地质队员,等恢复高考了,再考大学。"

"那就先当地质队员。"妈妈说,"等你爸爸回来了,你跟他商量商量。"

"爸爸当然支持我了。"黄大年心里有底。

"我支持什么啊?"爸爸正好进屋了。

妈妈说:"大年要报考地质队。"

黄大年忙接过话来说:"爸,我看到地质队的招工启事了。"

黄方明打量着儿子,高高的个子,魁梧的身材,真的长大了。

黄大年被爸爸看得不自然,问:"难道我不像个地质队员吗?"

"儿子呀!你爸爸是教地质的,你不是早就想做个地质队员吗?现在有机会了,去考吧!"黄方明说,"干就干好,干得优秀。"

黄大年做了个鬼脸说:"黄方明的儿子干什么都优秀,绝不给老爸丢脸。"

"好样的!"黄方明将双手放在儿子宽阔的肩膀上,"听你这话,爸爸放心。"

黄大年说:"我明天就去报名。"

妈妈说:"明天让你爸爸陪你去。"

黄大年摆手说:"可别让爸爸去,别让旁人说什么。"

"不去就不去。"黄方明嘱咐儿子,"好好考,再拿个第一。"

"嘻嘻!"黄大年笑着说,"第一是我的专利。"

"别漫不经心,"爸爸说着,找出一本书给大年,"抓紧时间看看。"

黄大年接过去,是一本《地质勘探手册》。

"我翻翻,临阵磨枪,不快也光。"

招工要考的无非是两个方面,一个是基础文化知识,这黄大年不怕;二是地质勘探方面的知识,虽然以前爸爸讲过一些,但并不系统,黄大年没把握。

于是,黄大年一吃完晚饭,就趴在床上翻开《地质勘探手册》,很快翻完第一部分《地质勘探基础》,再接着看第二部分《地质勘探技术》,第三部分《地质勘探工作规程》……东方破晓,一本手册全看完了。

"怎么样?全看完了?"爸爸见儿子一夜没合眼,问道。

"老爸,你知道我的,"黄大年打了个哈欠说,"过目不忘。"

黄方明拿起床边的《地质勘探手册》说:"打有准备之仗,准赢。"

"看考试结果吧!"黄大年说着合上眼睛,嘟囔一句"我还是要睡会儿……"话音一落,鼾声即起。

地质队招工考试放榜——黄大年成绩排在第一名。

"一个没在地质学校学习过的年轻人,怎么会在地质知识考试中拿满分?"队长要见见这个黄大年。

一个身体健壮,个子高高,眼睛炯炯有神的小伙子站在他面前。

队长当胸给了黄大年一拳头,高兴地说:"嘿!好小伙子!你就是黄大年?"

"是!队长。"黄大年响亮地回答。

"为什么要干地质?"

"我从小就听我爸讲李四光的故事……"

"你爸爸是谁?"

"黄方明。"

"哦!怪不得,原来是黄老师的儿子。"

队长问旁边负责人事的人员:"可不可以破格录取为航空物探操作员?"

回答是"当然可以"。

黄大年像风一样跑回家,冲妈妈喊:"我被录取啦!还是破格,航空物探操作员。"

爸爸下班回来,不等大年开口便说:"我知道了,你被破格录用为航空物探操作员。"

"我能上飞机物探了。"黄大年眉飞色舞,"比山高的是脚,现在我说,比山高的是翅膀。"

"是啊!"爸爸静静地说,"翅膀使你飞得再高,可双脚还是要稳稳地踩在地面上……"

"怎么还是脚啊?"

"还是从'三大件'开始吧!"

黄大年低头看看自己的脚,耳边响起童年时和爸爸的对话——

"那有比山高的吗?"

"脚。"

"什么?脚?"

"等你长大了就知道了。"

……

"我长大了,知道爸爸话中的道理。是的,无论做什么事情,都要脚踏实地、扎扎实实,从第一步做起……"黄大年思忖着,目光转向蓝天,那里正有一只大雕平展着翅膀翱翔……

空中历险

黄大年通过了一系列基础的地质勘探锻炼,黄方明才让他上飞机做航空物探。

第一次登机,黄大年走在通往机场的路上,既兴奋又紧张——毕竟是头一次坐飞机啊!

机场到了。

绿色的双翼飞机就在眼前。

不知怎的,一首妈妈教他的儿歌萦绕在心头——

大飞机,
嗡嗡嗡。
飞到西,

飞到东。

不怕雨，

不怕风。

穿云海，

越万岭。

嗡嗡嗡！

飞不停。

隆隆隆！

大雄鹰。

也怪，一首简单的儿歌，让他的心情很快平静下来，静得如同深潭碧水。

航空物探是"航空地球物理探矿"的简称，是指利用航空器从空中测量地球各种物理场，进行地质构造调查并寻找矿藏的飞行作业。

黄大年来到飞机前，拍拍绿色的机身，打量着这架国产的"运-5"飞机——这是从苏联"安-2"运输机仿制来的。机头上是四叶螺旋桨，两层翅膀分上下固定在机身上。这种双翼飞机可以在田野、道路等场地起飞和降落，滑跑距离只有一百八十米,还能做离地五米的超低空飞行,很适合航空物探作业。

飞行员已经在机舱里了,冲黄大年招手示意。

"刘和平!"黄大年也冲飞行员招手。

让黄大年没想到的是飞行员竟然是他的发小儿刘和平。从幼儿园到小学、中学,他和刘和平一直是同学。现在,又在一起工作,太棒啦!

"这可是一个危险的工作。"刘和平提醒黄大年,一脸严肃地说,"在飞机上使用仪器物探作业,磕磕碰碰是常有的事情,严重的会失去生命……"

黄大年听说过,曾经有一架物探飞机撞在大山上,造成机毁人亡的事故。

"有你驾驶飞机,我放心,"黄大年说,"你可是个老飞行员了。"

刘和平说:"什么老飞行员?我只有两年飞行经验。"

"两年?不短了。"黄大年说,"你开飞机时,我还在念高中呢!"

"不管怎么说,不要掉以轻心。"

"谨慎谨慎,再谨慎,总可以了吧!"

"这还差不多。"

黄大年登上飞机，在操作物探仪器的位置上坐好，对刘和平说："我这儿准备好了，可以起飞了。"

轰隆隆……

发动机开始发动，螺旋桨开始旋转，机身微微颤抖，开始前进……

飞机分为前舱、后舱，飞行员在前舱驾驶，物探操作员在后舱操作仪器。由于飞机隔音不好，前后舱相互对话，要大声喊才能听得清。

飞机向前滑行了一百多米，机头上翘，起落架离开了跑道，机身升上天空，越飞越高。

"哇！"

让黄大年惊叹的是飞机下方的群山，就像一个个……

"五岭逶迤腾细浪，乌蒙磅礴走泥丸。"

对！正像毛主席诗词里说的，大山变成了"泥丸"。

"开始飞往勘探地域。"刘和平大声朝后舱喊。

"准备好啦！"黄大年也大声回应。

飞机缓缓下降。

空中历险

黄大年调整好探测仪器,准备探测。

广西大山林立,山地凹凸不平,要想取得良好的探测效果,飞机就得与地面保持固定的距离,飞行轨迹随地形起伏,坐在上面飞越低矮的山岭,犹如身处在大海里摇摆颠簸的小船上。而飞机飞越高山再下降到谷地时,简直就像在坐过山车。

刘和平所说的危险,往往出现在这个时候。

今天,刘和平小心驾驶,黄大年精心操作,完成任务,安全返航。

下了飞机,黄大年紧绷的神经松弛下来,身子有点发软。

"怎么样?"刘和平下了飞机,拍了一下黄大年的肩膀问,"不适应吧?"

黄大年说:"当然了,长这么大,还没坐过过山车呢!"

"今天坐了吧!"刘和平嬉笑着,"过不过瘾?还没收你的票呢!"

"去你的!"黄大年捂着肚子说,"颠得我的肠子都拧成一团了。"

两人说笑着,搭着肩膀走出机场。

一晃两个月过去了,黄大年与老朋友搭档进行了多次航空探测,都安全无恙。

也许是因为他们开始放松警惕,这天出事了——

刘和平正常起飞,黄大年正常操作仪器探测,可就在飞机越过一座高山,保持与山体的距离向下飞行时,忽然从山谷中吹来一股强风,飞机猛地摇晃起来……

正在聚精会神看着仪表的黄大年,身子猛地向下一倾,头重重地撞在前面的仪器上,鲜血直流……

黄大年没吭声,一只手捂着额头,一只手操纵仪器,等飞机降落,他胸前已是一摊鲜血。

刘和平赶忙用毛巾给黄大年包扎,然后用无线电向塔台求助。

"就磕破点皮,别兴师动众的了。"黄大年一副满不在乎的样子。

救护车还是鸣着笛来了,把黄大年送进医院。黄大年的伤口被缝了好几针。伤好后,他的额头上留下了一道深深的伤疤。

考大学

"恢复高考啦!"

一九七七年秋天,中断了十年的高考制度得以恢复,那些翘盼已久的莘莘学子,终于有了上大学、报效祖国的机会。

黄大年气喘吁吁地跑回家,手里挥舞着一九七七年十月二十一日的《人民日报》,狂奔到爸爸跟前,兴高采烈地说:"恢复高考了!"

他把报纸展开给爸爸看。

妈妈也凑过头来。

黄方明看着报纸,手不禁有些发抖,喃喃地说:"终于等到了,等到了……"他炯炯的目光落在儿子大年身上,"这回你有多大的抱负,就使出多大的劲来吧!"

妈妈张瑞芳对丈夫说:"你也别闲着啊!帮儿子找找复习资料。"

"那是,那是!"黄方明连连说着,起身到他的箱子里翻找。箱子里只有地质方面的书籍,没有准备高考用得上的资料。

黄大年看到爸爸着急的样子,宽慰他说:"老爸,你别找了,考的无非是高中的文化基础知识,我有把握。"

虽然知道儿子在高中时成绩第一,黄方明还是担心:黄大年已经工作了快两年,以前学的知识怕是忘得差不多了,复习的任务很重啊!

"大年,爸爸去县城给你找复习资料。"黄方明安慰儿子。

"谢谢爸爸,我一定好好复习。"

"可离高考就剩下三个月时间了,不抓紧,来不及。"妈妈在一旁替儿子担忧。

"妈,你就别跟着操心了。"黄大年敲敲自己的脑袋,笑着说,"相信儿子的脑袋瓜儿吧。"

"相信,相信。"妈妈戳了下儿子的额头,"我儿子准能考上大学。"

爸爸给黄大年找来了各种各样的复习资料,厚厚一大摞,放在儿子床头,还叮嘱道:"关键是基础知识,把公式、定律之类的基础知识吃透。"

黄大年进入了高考复习阶段。不过,工作不能停,班还得上。

在这段时间里,黄大年没了昼夜的概念——白天翻山越岭忙勘探工作,晚上点灯熬油复习高中知识。

三个月,去掉白天的上班时间,其实只有三个月的夜晚时间,要把高中三年学过的知识重新梳理一遍,再牢牢刻在脑子里,不是件容易的事。可黄大年拿出一副泰然自若的架势,稳稳当当地看书,安安静静地算题,一页一页地背诵……

妈妈知道帮不上忙,只好一次又一次地热饭、倒水,她常常站在黄大年身后默默注视自己的儿子,一会儿又悄悄离开。

正当黄大年集中精力备考时,忽然收到一封信,是同学何群芳寄来的。

黄大年打开一看,原来是何群芳来求援的。他缺少化学、物理资料,要黄大年帮帮忙。

帮忙?谈何容易!

当时的高考录取人数很少,很多人都不会把复习资料透露给别的考生。

黄大年看完信,略加思索,动笔给何群芳写了回信,约好时间,两人分别从家里出发,在路上会合。

何群芳收到信,按照约定的时间骑上自行车,从北流上路。在公路的一个垭口处,他果然遇到骑着自行车颠簸了两个多小时,从玉林如约赶来的黄大年。

"太感谢你了,大年!"何群芳下了车道谢。

"我早把重点整理完了。"黄大年拿出一个本子说,"别谢了,我给你解释解释重点吧!"

于是,黄大年把物理、化学的复习重点说给何群芳听。

分手时,黄大年给了何群芳一拳,说:"你必须考上!"

"我们一起上大学。"何群芳也亲切地回了黄大年一拳。

抓紧时间，两人骑上车，赶回各自家里继续复习。

黄大年的好记性派上了大用场，临考前三天才找来的两本三百页的政治、史地复习书，他竟然全部背完了。

时间！时间！时间！

在黄大年赶往大山深处的高考考点广西容县杨梅公社高中的山路上，他还在背着数学公式。

进了考场，黄大年扫视了一下屋子里的考生。在三十多人中，十九岁的他是年龄最小的。起初，大家都很兴奋，但等试卷发下来一打开，很多人都傻眼了——答不上来，只好一个接着一个离场。考到最后一科，考场里只剩下十来个人。

一位白发苍苍、戴着深度眼镜、十分清瘦的监考老师，经常走到黄大年身边，默默地看他答完的试卷。

交卷的时间到了。

收完卷子，那位监考老师奔过来，握住黄大年的手，笑容满面地说："小伙子，我一直在观察你的卷子,考得好!在我眼里,你是整个考场考得最好的考生。"

果然,黄大年以杨梅公社高中考场第一名的成绩脱颖而出。

成绩公布后,黄大年特意去找到这位老师,感谢他的关注。

最终,黄大年以高出录取分数线八十分的优异成绩,考入长春地质学院,就读于应用地球物理系,开始了他人生中最重要、最珍贵的一段时光。

看见了祖国招手

一九七八年春节的鞭炮声刚停,黄大年拿到了大学录取通知书。

"好儿子!好儿子!"黄方明激动得声音都颤抖了,"到了大学好好钻研地球物理,成为李四光那样的科学家。"

妈妈捧着录取通知书,泪花在眸子里闪烁。"真跟做梦似的……我儿子一边上班,一边复习,还考上了大学……记住你爸爸的话,做个科学家。"

一九七八年二月下旬,黄大年从广西贵县七里桥村出发,经过四天三夜的长途跋涉,来到了还是冰天雪地的吉林省长春市。

长春火车站。

一位个头儿不高的老师负责接站。

"我叫王平。"接站老师自我介绍道。

"我是黄大年，从广西来的。"黄大年跟王平老师握手。

王平老师见黄大年走路有些不对劲，便问道："黄大年，你是不是坐车太久，腿脚肿了？"说着撸起黄大年的裤腿。

他看到了黄大年浮肿的腿。

"我多走动走动就好了。"黄大年没理会自己的腿，"王老师，宿舍在哪儿？"

"跟我走吧！"王平老师帮黄大年扛起行李，送到了学生宿舍。

这位王平老师成了黄大年的辅导员，多年后担任国土资源部航遥中心主任。三十多年中，他们一直保持着密切联系。

就这样，黄大年的求学之路开启了，他走进了地球物理的大门。

在南方长大的黄大年，报到时只带了些单衣，没有棉裤，被子也很单薄，根本无法抵御东北的严寒。老师们看在眼里，为他缝制棉裤，送来棉被，让黄大年在天寒地冻中感到了温暖。

师生的浓浓情谊，使黄大年很快融入了新的大家庭。

读大学期间，黄大年勤奋努力，刻苦钻研，一九八二年本科毕业后留校任教。一年后他又考取了硕士研究生，毕业后继续留校任教，一九九一年破格晋升为副教授。一九八八年，他光荣地加入了中国共产党，三次被学校党委评为优秀共产党员。他曾荣获学校教学成果一等奖，科研成果还被原地质矿产部评为科技进步二等奖。

黄大年在同学毛翔南的毕业纪念本上这样写道："振兴中华，乃我辈之责！"抒发着他对祖国的忠诚情怀。

一九九二年，黄大年得到了全国仅有的三十个公派出国名额中的一个，在"中英友好奖学金项目"的全额资助下，前往英国攻读博士学位。

"我一定会把国外的先进技术带回来！"黄大年面对着送行的老师和同学，立下誓言。

二〇〇九年十二月，祖国开始从海外引进高层次人才，这是一项事关国家发展的重大举措。

"咱们马上回去！"黄大年坚定地对妻子张艳说。

妻子问："为什么这样急？"

黄大年打开电脑，指着一封邮件说："你看看。"

这是吉林大学地球探测科学与技术学院院长刘财发给黄大年的一封邮件，邮件里是关于人才引进的有关材料。

一封邮件，让黄大年心潮澎湃。

妻子问："回国？我的两家诊所怎么办？"

"卖掉。"黄大年说得干脆。

"唉！"妻子叹气说，"我辛苦创业，说卖了就卖了，真拿你没办法……"

黄大年已经在英国奋斗了十八年。

在这十八年里，为了更多地汲取各类先进科学知识和应用技能，黄大年每天只睡三四个小时，争分夺秒地学习学习再学习，钻研钻研再钻研……

有汗水，就有收获。

黄大年在英国拥有了优越的科研条件和高效率的研究团队。

他在英国剑桥ARKeX航空地球物理公司担任高级研究员十二年，担任过研发部主任、博士生导师、培训官。他带领的由牛津大学和剑桥大学优秀毕业生组成的团队，长期从事海洋和航空快速移动平台高精度地球重力和磁力场探测技术工作，致力于将这项高效率探测技术应用于海陆大面积油气和矿产资源勘探领域。由他主持研发的许多成果都处于世界领先地位，多数产品已应用于中西方多家石油公司，他自己也成了航空地球物理研究领域享誉世界的科学家，成为该领域的"被追赶者"。

"我是国家培养出来的，从来没觉得我和祖国分开过，我的归宿在中国。"黄大年毅然决定。

这个决定，当然也是老父亲的遗愿。

二〇〇四年三月二十日晚，时任英国剑桥ARKeX航空地球物理公司高级研究员的黄大年，正在大西洋忙着与美国某公司开展技术攻关，突然接到父亲离世前辗转而来的最后一通电话：

"儿子，估计我们可能见不着了，我能理解你的处境。你要记住，你是有祖国的人！"

电话这边,黄大年的泪水悄然滑落:"爸爸,从小你就这么对我说,今天我更要听你的话,学好本领,报效祖国。"

两年后,母亲离世前给他留下的依然是这句话:"儿子呀!记住你爸爸的话,回家吧!"

"妈妈,祖国就是我的家。"黄大年安慰妈妈,"您老安心养病,儿子很快就回家了。"

回家,成了黄大年最大的心愿。

二〇〇九年十二月二十四日,黄大年教授走下归国的飞机,踏上祖国的土地。他辞去了在英国公司的要职,谢绝了同事们的挽留,含泪告别了共事多年的科研伙伴。他的妻子选择了支持丈夫,卖掉了经营多年的两家诊所,留下了还在读书的女儿……

回到母校六天后,黄大年与吉林大学正式签订合同,出任吉林大学地球探测科学与技术学院全职教授,开始为我国的航空地球物理事业耕耘播种。

"我爱你,中国,我爱你,中国……"黄大年爱唱的这首歌,歌词就是他归国原因的最好表达。

无人机

黄大年从小就跟着地质队四处辗转，不停地搬家、转学，对地质勘探熟悉得跟自己的手指头一样。地质队员要靠双脚在野外作业。爬山越岭，风餐露宿，还要忍受雨浇日晒、蚊虫叮咬、毒蛇偷袭……艰苦、危险、劳累跟粘在身上的衣服似的，脱也脱不掉。

黄大年上飞机做航空物探之前，父亲黄方明要求他先通过一系列基础的地质勘探训练。黄大年理解爸爸的用心，先干地面勘探，吃点苦，历练历练，是对他"残酷的爱"。因此，黄大年曾背上帆布工具袋，带上罗盘、工具锤、放大镜"三大件"，走进六万大山。

那时，黄大年身上的背袋里，每天都要装着沉重的石头——矿石样品，走路爬山，还要带上咸菜和饭。夏天酷热，他天天中午吃的都是馊饭。

虽然很苦，可他还是苦活累活抢在前。槽探、浅井、坑探，测量岩石方位，看山脉走向，观察石头斜度，黄大年工作起来就像数自己的手纹一样细致。他将每平方公里的勘探地划成"豆腐块"，十平方米一大块，五平方米一小块，再分成更小的格子，一个格子一个格子地找矿。扛着沉重的磁秤仪跋山涉水，虽然总是累得气喘吁吁，可黄大年还是严格依规勘探，每天一百二十个测点，随山过山，随水过水，决不绕行。记录好每一个数据后，他还要分析地质，计算参数，工工整整地填在表格里。

再苦再累也压不垮黄大年和地质队员们的乐观精神，山谷里总是回荡着《勘探队员之歌》——

是那山谷的风，吹动了我们的红旗。
是那狂暴的雨，洗刷了我们的帐篷。
我们有火焰般的热情，战胜了一切疲劳和寒冷。

背起了我们的行装,攀上了层层的山峰。

我们满怀无限的希望,为祖国寻找出富饶的矿藏。

是那天上的星,为我们点燃了明灯。

是那林中的鸟,向我们报告了黎明……

歌声渐渐消逝,回到母校的黄大年看着"三大件"发呆——地质队员的勘探工作太艰苦、太原始了。如果有一种像给骨骼拍片子的X光机那样的仪器,简单一照,就能把地球看个透,不用再爬山越岭,一寸一寸地测量,那该多好啊!

一个童话般的想法在黄大年脑子里渐渐形成——给地球做CT,通过移动探测技术,快速扫描地下或者水下区域,无论是矿藏还是水下目标,都逃不过这只"法眼"。

但是,航空物探黄大年干过,坐在飞机上进行物探,风险很大,特别是在高山、丘陵、沼泽等复杂地形环境里,有些地质队员因此遭遇了不幸,而且在飞机上物探的效率和效果也不是很好。

如果研制无人机进行航空重力探测,就可以测量出不同地区的重力效应变化,绘制出地下密度分布图,能够很容易探测出地下空洞、非金属矿藏。这个研究成果既可以应用到石油、矿产资源勘探等民用领域,也可以应用到地下防空洞探测、水下目标探测等军事领域。

于是,黄大年坚定了方向,回到母校的第一个研究项目就是无人机。无人机物探一旦实现,很快就可以建立起海陆空三维立体移动探测平台,海上有无人船,陆地有无人车,空中有无人机。

"我能修车,会拉琴,就能造无人机。"对无人机了解很少的黄大年,在这个领域几乎是从零做起,可他总是乐观面对。

有了积极的态度,下一步就得动起脑,迈开腿,真正干起来。

"没样机……我们怎么开始啊?"学生张代磊为难地看着黄老师。

"这好办,"黄大年冲张代磊眨了下眼,一副神秘的表情,"商店里有……"

张代磊有点发蒙:"那是玩具。"

"玩具?"黄大年认真了,"爱迪生的很多发明,不就是从玩中得来的吗?"

之后,一连几个月,黄大年的身影经常在无人机模型店里出现。他看看这架,再摸摸那架,上看下看,左瞧右瞧,引起了销售员的注意。

"先生,您要选哪一款?"销售员过来问黄大年。不等黄大年回答,销售员便机关枪似的说起来:"我会为您介绍——这一款,是美国四轴无线遥控,能航拍,航程远。这一款,智想牌的四轴遥控,耐摔,航程远。这一款,是瑞克牌的多轴无线遥控……"

"我……我……先看看,看看。"黄大年支支吾吾。

第二天,销售员见说"看看"的那个人又来了,还是左看右看,就是不买。

到闭店时间了。

销售员到黄大年面前问:"先生,你已经看了这么多天了,还是给孩子买一架吧!"

被逼得没办法,黄大年最后只好自己掏钱,把模型抱回办公室。

隔天,学生们来到黄老师的办公室,怔住了,办公桌上摆满了大大小小的零件。

周帅叫了起来:"黄老师怎么把无人机给拆了?"

"你不懂了吧?"袁志毅说,"想想大发明家爱迪生,不是把闹钟给拆了,才研究出铁路信号灯自动报时器的吗?"

张代磊拿起一个零件琢磨:"黄老师要研制自己的无人机。"

"你们说得对。"正当博士生们议论的时候,黄大年走进来了,"我们要研制出中国自己的物探无人机。有了无人机航空物探,就可以一边干活儿,一边坐在机场喝咖啡,等咖啡喝完了,活儿也干完了!"

学生们默默点头。

黄大年接着说:"但前提是安全可靠的无人机平台和高精度探测仪器的完美结合。"

张代磊问:"老师,使用无人机进行物探是个很复杂的工程吧?"

"是的,"黄大年说,"不是把仪器挂到飞机上就算完事。搭载方式、搭载位置都要了解,还要懂

无人机　111

通信控制，懂测量质量监控，才能高效完成工作。你愿意做这个研究吗？"

"当然愿意。"张代磊的手攥成拳头。

黄大年说："好！那我就请一位澳大利亚老师，你跟他好好学学通信和中继。"

"谢谢老师！"张代磊表决心，"黄老师放心，我一定能学好。"

周帅挤到黄大年面前问："那我呢？"

黄大年说："你不是拿不准博士阶段研究什么吗？"

周帅拿着无人机螺旋桨说："我觉得自己动手能力强，对无人机挺感兴趣，想要在这方面下下功夫。"

"太好啦！"黄大年拍了下周帅的肩膀说，"兴趣是走向成功的开始。既然你对无人机感兴趣，读博阶段就研究无人机。"

黄大年说做就做，立即给周帅买了航模，送他去培训，还出资上万元帮他考取无人机驾驶员执照。

"哈！"

成为持有执照的无人机驾驶员,周帅高兴坏了。

从此,黄大年团队在无人机领域进行研发,几年时间就攻破了一个又一个难关,取得了一个又一个世界领先的成果。为了科研成果更好地向产品转化,二〇一六年,他们在宁波余姚成立了宁波翔羽无人机科技有限公司,大力推广无人化地球物理探测技术。在此基础上还成立了"大年科技",黄大年亲自培养的地球物理专业博士生、硕士生和一批国内顶尖航空院校毕业的研发人员,组成了研发团队。他们成功研制了重载荷物探专用无人直升机工程样机,开发了重载荷无人机物探应用技术,不仅提高了我国物探无人机自主研发的能力,还填补了国内无人机大面积探测、地球深部探测等方面的技术空白。

在黄大年的组织下,无人直升机、无人固定翼飞机和无人飞艇,都成功地加入了中国航空物探的队伍。

这天,晴空万里,天蓝得透亮。"大年科技·海东青"无人机搭载多参数环境监测设备,按计划起飞，对浙江某化工厂做安全环境场景巡查。无人机对现场进行实时监测，对该化工厂的常规监测数据进行补充，温度、湿度、臭氧、挥发性有机化合物等参数实时显示在操作平台屏幕上。

"成功啦！成功啦——"

人们欢呼起来。

黄大年望着在天空飞行的无人机，冷静地说："这仅仅是开始……'大年科技'最擅长的是什么？是我们身上的监测因子、探测基因。但仅有这些是不够的，对无人机行业来说，我们可能是一名新兵，对前沿大数据系统来说，我们还需要深耕。"

嗡嗡嗡……

无人机越飞越高，越飞越高，消失在了阳光中……

挡下推土机

"不好啦！不好啦！"

几个研究生跑进黄大年的办公室，大声叫嚷。

正在电脑前做数据的黄大年一惊，抬起头问："什么不好了？一惊一乍的。"

周帅指着外面说："推土机来啦！"

"是啊！还有大卡车。"张代磊补充。

袁志毅涨红了脸，说："还来了好多工人。"

"怎么回事？"黄大年站起来朝外面看了一眼，"工人？"

周帅像犯了错误的小学生，低头咕哝着："都怪我……看到了咱们无人机机库上贴的纸条，没来得及跟您说……"

黄大年追问："什么纸条？"

周帅说："是拆除违章建筑的通知单。"

"哦！"黄大年这才弄明白，原来是城市管理部门来拆他刚刚建起来的无人机机库啊！

"我们的机库建在校园里，城市管理部门的工作人员怎么这么快就知道了？"袁志毅提出疑问。

张代磊猜测："肯定有人通风报信。"

周帅愤愤不平地说："这个人是谁？太不地道了。"

黄大年双手往下压压，说："你们都别激动，也不要胡乱猜测，我们早就给学校打了报告了，学校也批准了……"

为了加快研发无人机的进度，黄大年提出"从移动平台、探测设备两条路线加速推进"，向吉林大学申请以"红蓝军对阵的思路"，对照国外先进设备水平自主研发装备，创设移动平台探测技术中心，启动"重载荷智能化物探专用无人直升机研制"课题。

要研究，要实验，没有无人机机库怎么行？总不能把无人机放在办公室、教室、寝室里吧！

飞机就应该有机库来存放，零散地放在各处，太不安全了。

可是机库建在哪儿呢？

黄大年在校园里转了好几圈，都没发现合适的地方。

建在校外是不可能的，距离远不说，也无法安排专人看守。

这天，黄大年站在地质宫五楼窗前，向外瞭望，眼前豁然一亮——哈！一块空地！真是"灯下黑"，可以建机库的地方不就在眼皮底下吗？

他赶忙噔噔噔下楼，跑出地质宫，绕着那块空地兜了好几圈，站定了，手往下一指，对自己说："就这儿了。"

张代磊来了，问："黄老师，这儿怎么了？"

黄大年转着身子画了一圈："不明白？"

张代磊摇头说："不明白。"

"机库啊！"

"哪儿呢？"

"就在这儿建。"

"那我马上去找同学们。"

张代磊说着跑开了。

黄大年回到办公室,给学校写申请建无人机机库的报告。文字部分写完后,后面还附了张建筑地址图。

学校很快批准了,基建处还调拨了木杆、铁丝、油毡纸等建材。黄大年见了,高兴得直搓手。

马上开干!

黄大年立马带领他的团队在吉林大学地质宫楼门前空地上忙起来了。

大家忙活了小半年,一个简易的机库竣工了。

可谁也没料到,机库建成的第二天,就被贴上了一张限期拆除的通知单。

轰隆隆——

推土机轰鸣着向机库逼近。

"马上阻止他们!"

有了老师发话,学生们咚咚咚跑下楼,拥到机库前。

"哪个是领导?"有人冲黄大年他们喊。

黄大年上前一步："我。"

"你是谁？"

"黄大年。"

张代磊站到老师身前说："黄教授是我们主任。"

"什么主任？"那人上上下下打量了一番黄大年，"主任多大的官？"他指着机库说，"这是违章建筑，必须拆除！"

黄大年放缓语气说："听我说，我们建的是无人机机库，是用来搞科研的。我已经给学校打了报告，也批了……"

"你们学校批不管用，程序不对。"那人不依不饶，严厉地说，"违章建筑，必须得拆！拆！"

他一挥手，推土机便轰鸣着，徐徐向前。

"别别！"黄大年张开双臂，拦在推土机前，"我们马上补办手续，行不行？"

"补手续？"那人很执着，"先拆，后办手续。"

周帅挤过来说："那我们不是白建了吗？"

"拆！"

"不能拆啊!"黄大年急了,大声喊着跑到推土机前,直挺挺地往地上一躺。

在场的人都惊呆了,黄教授可是一位国际顶尖的科学家呀!

那人胆怯了,举起手朝推土机挥挥。

推土机向后倒去……

挡推土机事件,一下子在学校炸开了。

"黄大年就是个科研疯子。"

黄大年嘿嘿笑笑,说:"也怪我不懂建设审批的流程……中国要由大国变成强国,需要有一帮'科研疯子'。我们虽然努力了,但还不够。我是活一天赚一天,哪天倒下,就地掩埋!"

较真儿

黄大年一想起来"机库事件"就觉得好笑,童年少年时代的那股犟劲,怎么说上来就上来了?真是像俗话说的,"江山易改,禀性难移"。

地质宫里,他踱着步,兀自摇头,呵呵地嘲笑自己。

他默默地思忖,真正的核心技术是买不来的。中国拿到了世界新一轮科技竞赛的入场券,必须牢牢抓住这个"弯道超车"的机遇。

怎么抓?用待遇,用地位,还是用别的东西来吸引更多科研人才加入他的团队?

用心。用一颗赤诚的心。

在黄大年的感召下,人工智能专家王献昌、汽车工程专家马芳武、智慧海洋专家崔军红等,一大批在海外享有较高知名度的专家,纷纷回国效力。

从踏上祖国土地的那一刻起,黄大年的人格力量和崇高的科学精神,形成了强大的"磁场",吸引了四百多位来自各地高校和科研院所的优秀科技人员加入他的研发团队,共同开展"高精度航空重力测量技术"和"深部探测关键仪器装备研制与实验"两个重大项目的攻关研究,总的资金投入达到五亿多元。

这两个项目,前者就像给飞机、舰船、卫星等移动平台安装"千里眼",让它们能看穿地下深埋的矿藏和潜伏的目标;后者是自主研发给地球"做CT""做核磁"的仪器装备,让地下两千米甚至更深部位变得"透明"。

这是多么高瞻远瞩的战略目光啊!

"黄老师,难怪有人说,当很多人还在'2.0时代'[①]徘徊的时候,老师您已站在'4.0时代'了。"黄大年的科研助手于平笑着说,"我这可不

[①] "2.0时代"是现在人们对当今社会模式的一种流行称呼,也叫"二时代",起源于IT行业对软件版本的命名方式。

是吹捧啊！"

黄大年也笑着敲敲自己的脑壳说："我这颗'CPU'要不及时更新，怎么能跟上突飞猛进的时代呀？"

于平望着地质宫窗外的绿草坪说："与时俱进，首先是思想啊！"

黄大年说："我一直把李四光、邓稼先等老一辈留学报国的科学家作为自己学习的榜样。有好多同人为了祖国的科学事业倒下了，但这并不能阻挡后来者前进的决心！看着中国由大国向强国迈进，一切付出，哪怕是生命都是值得的。"

"老师，有人说你的性格是'冰火两重天'。"于平说，"说你……"

"你说吧！"

于平说："说你对志向相投的人，是火；对那些揣着私利的人，是冰。"

"但愿火能把冰融化……"黄大年长长呼出一口气。

于平清楚，论人脉，黄大年在国土资源部、科技部、教育部、中国科学院等很多部门院校里，都有和他很熟的专家。可他是追求"纯粹、完美"的知识分子,对待科研,他"没有敌人,也没有朋友,只有国家利益"。

"和真诚朴实的人在一起,思想会越来越单纯。"于平看着黄大年说。

"与学术一样,思想不得有一点儿污垢。"黄大年望着窗外的悠悠白云,"我黄大年对待科学,不唯上,不唯权,不唯情,不唯关系,不允许你好我好大家好。一团和气搞不了科研,在原则问题上必须较真儿。"

"深部探测技术与实验研究"项目,是我国有史以来规模最大的深探项目。黄大年任该项目第九分项的首席专家,成为这个庞大项目的奠基人之一。

第九项目经费高达数亿元,谁看着不眼热?很多机构和单位都想参与进来。

组建科研团队时,黄大年的视线没有局限在自己的学校,而是放眼全国,寻找最适合的科研合作单位。

怎样寻找?

黄大年往往来个"突然袭击",不提前通知,直接飞到目标院所的实验室和车间,悄悄摸清对方的资质和水平。

一旦选到合适的科研合作单位,黄大年直接给对方一把手打电话:"喂!我是黄大年。先跟你说,我有一个几亿元的研究项目,想请贵单位参与进来。"

"什么?几个亿?"听筒那边一听就蒙了,可马上就会冷静下来,"谁会打一个电话来就又给钱又给项目的?骗子!"

黄大年笑了,说:"我马上过去,让你看看送上门的骗子。"

对方一把手还是不信:"真的?"

"如假包换。"黄大年哈哈大笑。

对方也笑了起来。

黄大年办公室门外传来敲门声。

进来的是熟人,跟他关系不错的一个专家。

"老范,请坐请坐。"

来客坐在沙发里,黄大年递上一杯白水。

老范接过水杯,打趣说:"呵呵!这真是君子之交淡如水啊!"

黄大年也打趣:"清水清水,清清亮亮,一眼看到底。老范,你来找我是……"

"你手里攥着几个亿,我推荐个不错的研究机构,"老范试探着说,"看能不能也参与你的项目。"

"红灯了——"黄大年做了个停的手势,"科研经费的事,免谈。"

老范摇着头说:"你呀!你呀!还是这个脾气……"原想凭着老面子来黄大年这儿争取一些经费,可一开口就被直接拒绝了,老范坐在那里很尴尬。

"老范,跟你说吧,就连吉林大学也没有多拿一分钱。"黄大年说的是实话。

吉林大学某学院一位领导,对黄大年的做法很不理解,问他:"学校、学院年底都有考核,在项目和经费分配上,你给吉林大学做了什么,给学院又做了什么?请黄教授考虑考虑。"

黄大年听了,心里很不好受:"我的大领导啊,我这是为国家做事。你说是国家大呀,还是学校大?"

领导沉吟了好一会儿,说:"你这人,太较真儿了。"

"不较真儿不行啊!"黄大年讲道理,"我不把科研经费抓紧喽,哪怕手松一点点,经费很快就没了。呵呵!领导,我没得罪你吧?"

"哈哈!"领导笑着说,"都是工作,怎么能谈得上得罪呢!"

说不得罪人,黄大年严格把关,不念情面,怎么会不得罪人?

研发项目需要采购大量的设备,以前,有人采取回扣、变通等手段从中谋取私利。

黄大年想办法堵住漏洞,严把采购关。他要求各个项目参与组提前做好市场调查,货比三家后,递交调查报告、PPT演示和演讲材料,集体论证后方能采购。

他的"严"近乎苛刻,哪怕在夜里一点发现汇报材料上有一个错别字,也会带着团队重新修改,打印校对,一直忙到晨光透过地质宫的窗户。

漏洞来自疏于管理。黄大年就借鉴欧美大公司的管理经验,层层落实责任。他从国外引入一套在线管理系统,把技术任务分解到每月、每周、每天。每天晚上,打开软件一查,谁偷懒,谁勤奋,一目了然。

"科学家怎么能像机器人一样,严格按程序走呢?"有人发出这样的不满。

黄大年说:"快些!快些!再快些!才能追赶上欧美科技前沿的发展步伐。是的,我有的时候急躁,发脾气,就是无法忍受有人随意拖延研究进度,这样搞下去,中国赶不上人家强国的。"

二〇一〇年春天的一天,地质宫前的草坪已经泛绿,金翅雀在草坪上蹦蹦跳跳地啄食,一只松鼠也在连跑带跳地觅食。悠扬的歌声从扬声器里传出来——

> 我们在回忆,说着那冬天,
> 在冬天的山巅,露出春的生机,
> 我们的故事,说着那春天,
> 在春天的好时光,留在我们心里……

黄大年听着美妙的歌声，心情很好。

这天早上，又是例行的提交项目材料、召开视频例会的时间。

黄大年早已打开了电脑，随时准备开会。他扫视一下会场，问于平："小于，怎么人还没到齐？"

"黄老师，我一直在催，可……"于平看了眼手表，九点五十分了，离开会还有十分钟，人没到全，材料也没交齐。

"拖拖拉拉，不负责任！"黄大年气极了，忽地站起来，猛地把手机砸向地面。

嘭！

手机屏幕碎裂，碎片飞散一地。

在场的人惊呆了——黄老师从来没有发过这么大的脾气。

"我们拿了国家这么多科研经费，怎么能糊弄呢？汇报材料不好好做，开会不按时到，契约精神哪里去了？"黄大年拍着桌子吼。

于平把屏幕破碎的手机拾起来，轻轻地放在老师的办公桌上。

会议室的门轻轻地打开了……

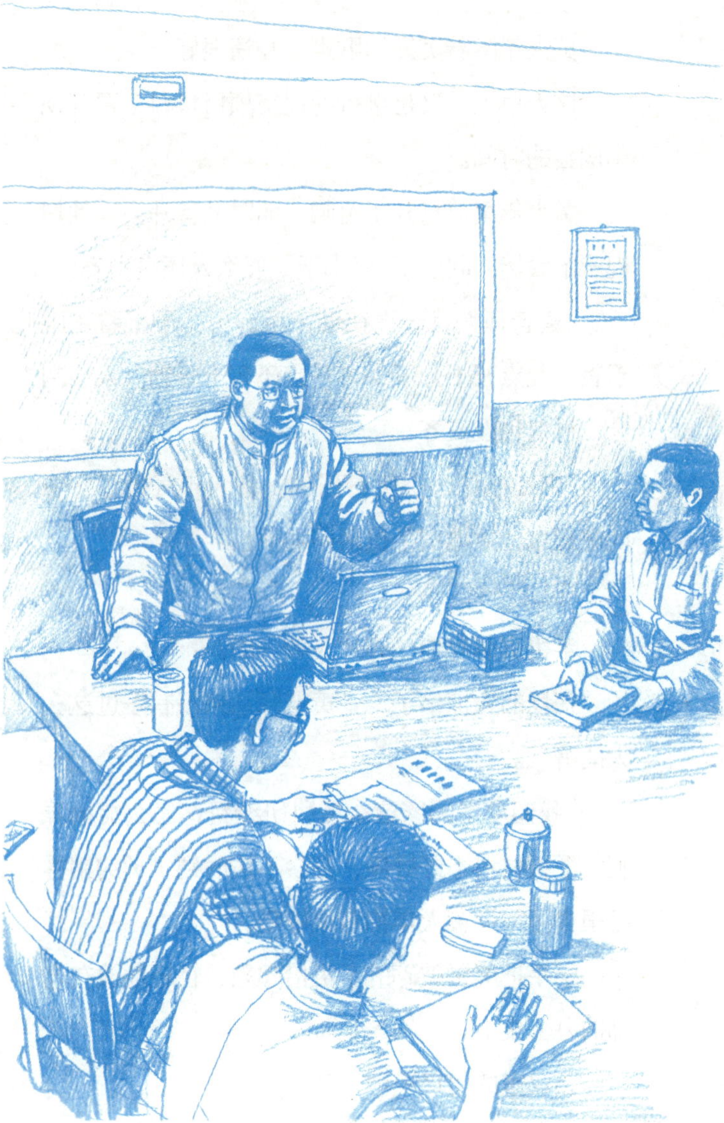

赶飞机

　　为了"高精度航空重力测量技术"和"深部探测关键仪器装备研制与实验"两个重大项目的尽快突破，黄大年在跟时间赛跑，哪怕只是一点点时间，也要挤出来放在项目上。

　　刘国秋是一位出租车司机。

　　"是那山谷的风，吹动了我们的红旗……"

　　刘国秋一听手机铃声，就知道是谁打来的。这原本是他的老主顾黄大年爱用的手机铃声，他要来作为黄大年的专属铃声。

　　"喂！黄老师，是不是又要送你到机场？"刘国秋问。

　　电话那边传来急促的声音："快来接我到机场，

晚上十点钟起飞,快点啊!"

刘国秋看了眼手机上的时间,晚上九点零二分,离飞机起飞不到一个小时,太紧了。

于是,他马上掉头,驶向吉林大学。

夜幕中,黄大年早已经等在校门口。

黄大年一上车,汽车马上奔向机场。

黄大年飞走了,留下话来:"明早七点的班机,再来这里接我。"

这可苦了刘国秋。他回到家都后半夜了,刚睡了会儿就又要接早班飞机。

手机闹铃嘟嘟地响起来,叫醒了刘国秋。

他简单收拾一下,赶紧出车,驶往机场……

接上黄大年,刘国秋嘟囔着:"啥事这么急?搞得我连觉都睡不好。"

听到刘国秋抱怨,黄大年说:"我是为国家做事的,你为我服务,也是为国家服务啊!"

那时候,刘国秋还不知道黄大年的工作,心里还是在嘀咕:你谁啊?跟我说这大话。

"你以为我话说大了?"黄大年看出刘国秋的心思,"我们睡不好觉,就是为了让祖国能睡好觉。

刘师傅，你就辛苦点吧！"

刘国秋从后视镜里看到黄大年疲惫憔悴的面容，劝了几句："人不睡觉可不行啊！黄老师你这么干，身体受得了吗？"

"你看——"黄大年昂起头说，"我壮得跟水牛似的，没事。"

刘国秋笑了："水牛？那是南方耕地用的，你耕什么呀？"

"我耕的是祖国、世界、地球……"黄大年说着说着，竟然打起了鼾。

"唉！"刘国秋叹了口气。

黄大年其实把刘师傅的辛苦也看在眼里，知道没日没夜跑机场的辛苦，可是怎么办好呢？

"这好办，"工作秘书王郁涵给黄大年出主意，"把刘师傅调到咱们学校，问题不就解决了吗？"

很快，刘国秋成了吉林大学地质勘探卡车驾驶员，同时还要负责学院教职工的公务出行。

他一上卡车就傻眼了——车里摆放的尽是电脑和高精尖仪器，这些东西是干什么的，他一点儿都不知道。他倒是知道了这里的"头儿"就是以前总叫他的车赶飞机的那个黄老师。

刘国秋还知道了黄老师说的"关乎国家利益的大事"是什么事。想起黄大年急匆匆赶飞机的情景,刘国秋打心眼里敬佩黄老师。

还是与往常一样,黄大年外出,总是掐着点儿下楼,急匆匆上车。

"刘师傅辛苦了,让你久等了,对不起。"上了车,黄大年总是先给刘国秋道歉。

刘国秋看看手机说:"时间是有点紧……"

"能不能赶上这趟飞机?不行的话咱们就坐下一趟航班。"黄大年叮嘱着,"别开太快了,注意安全。"

刘国秋心里清楚,其实这就是最后一趟航班,尽管听到黄大年说"别太快了",可他还是加大油门,尽可能赶上班机。

还好,没有耽误登机。

刘国秋望着航站楼,松了口气,此时手机响了。

不用说,黄大年打来的。

"刘师傅,我已经通过安检了,放心吧!"

刘国秋听了,心里暖乎乎的。虽然每次黄大年都会这样打电话让他安心,可每一次都会让他感动。

一天夜里,刘国秋又接黄大年赶飞机,时间已经很紧了,怕是赶不上了。

黄大年拎着公文包从楼里奔出来——

刘国秋见他脚步跟跟跄跄,身子摇摇晃晃,觉得不对劲:"黄老师,你……"

黄大年的身子直直地倒向刘国秋,刘师傅赶忙扶住他。

"黄老师!黄老师!"刘国秋叫着黄大年。

"没事没事,"黄大年清醒过来,"快上车,快开!"

刘国秋劝他:"你都这样了,就别去机场了,先去医院吧!"

黄大年急了:"不行!我只是这两天太累了,睡一觉就好了。明天还有两个会,我必须到会。"

"唉!"刘国秋无奈地摇头,只好把黄大年送到了机场。可他心里一直牵挂着黄大年,还把黄大年晕倒的事对秘书王郁涵说了。

王郁涵也没办法,说:"黄老师为了项目能拼命,谁说也不顶用!"

黄大年第二次晕倒是在几天之后——黄大年走到车前,刚打开车门,身子一软,瘫在地上,晕了过去。

刘国秋慌了,连声呼唤:"黄老师,黄老师……"

过了会儿,黄大年醒过来,抓住刘国秋正在打急救电话的手说:"我没事,歇一会儿就好了。咱们赶紧去机场,不能耽误项目。"

"还是先去医院吧!"

"我让你开车就开车!"

"出了事可咋办……"

"上回不也晕过吗?没事。"

刘国秋拿黄大年没办法,只好含泪开动车子……

从项目立项那天起,黄大年每天工作到半夜一两点钟,还时常要赶飞机。

办公室的门开了,王郁涵进来问:"您这次出差订哪趟航班?"

"今晚最后一班。"黄大年总是这样吩咐。

吃饭

　　黄大年是个爱吃的人,也是个会生活的人。在英国留学的时候,他在家办派对,做烤肉,把猪排烤得皮脆肉嫩。码盘也很讲究,总是把做好的菜肴摆成美丽的造型,然后才端上来。朋友们吃着冒着热气的香喷喷的烤猪排,一个劲儿称赞。

　　"尽情品尝,下周还有。"看着朋友们大快朵颐,黄大年十分得意。

　　黄大年懂吃,会吃,爱吃,被朋友们称为"美食家"。

　　可黄大年回国后,吃饭变得很不正常,不是匆匆吃上几口,就是干脆把吃饭的事抛在脑后。

　　黄大年又是一上午没吃饭了。俗话说:人是

铁,饭是钢,一顿不吃饿得慌。难道黄大年不饿吗?

助手于平几次把饭菜端到办公室,可每次都看见黄老师在办公桌上埋着头,全神贯注地盯着电脑。黄老师肯定是在思考某个科研关键环节,如果打断了他的思路,黄老师一定会生气……

过了许久,黄大年才抬起头。

"黄老师,吃饭吧!"于平把饭菜推到黄大年眼前。

"好吧!"黄大年拿起筷子,一阵狼吞虎咽,饭菜转眼间"光盘"了。

"别再打扰我了。"

于平收拾起碗筷,嘟囔着:"饥一顿,饱一顿的……"

"一顿顶两顿。晚饭帮我放门口地上就行,不用浪费时间等我。"黄大年冲于平的背影说着,又埋头敲击键盘。

晚饭时,于平拿着装着饭菜的饭盒来到黄大年办公室门口,抬手敲门,喊了声:"黄老师,吃晚饭了。"

"放门口吧。"里面应了一声。

于平只好将饭盒放下,转身离开。

两小时后,于平回到黄大年办公室门前,发现饭盒纹丝未动。她拿起饭盒,正要敲门,门却吱呀一声开了。

黄大年瞥了眼于平手中的饭盒,说:"来不及了,我得赶飞机。"

"又饿着肚子出差啊!"于平把饭盒放在办公桌上,拉住黄大年说,"黄老师,快吃一口再走吧!"

"我收拾一下东西,你帮我通知一下刘师傅。"黄大年催促助手,"一会儿出校门口时,我在路边买几个烤玉米吃就行。"

于平提醒他:"黄老师,你不能总拿烤玉米对付啊,这样下去,身体会受不了的。"

"烤玉米又好吃,又有营养。"黄大年拿起笔记本电脑说,"等忙完这阵子,我请大家吃大餐。"

没办法,于平只好去安排车子。

这天,黄大年要赶往成都参加第二天一个重要的会议。

飞机起飞了。

黄大年头靠在椅背上，微微合上眼睛，不一会儿就进入了梦乡……

那是端午节放假前一天，核心团队成员焦健的老家寄来了粽子。

焦健把粽子放在办公桌上，说："黄老师，尝尝我们老家寄来的粽子吧。"

"好哇！"黄大年拿起一个粽子，冲学生们喊，"来呀！我们一块品尝。"

焦健说："我去热粽子。"

周帅说："我帮你。"

不大一会儿，粽子热好了。

"黄老师，快来吃呀！"焦健催着黄老师。

"等一会儿……"黄大年已经在埋头工作了。

张代磊过来催："快去吃吧！凉了就不好吃了。"

黄大年这才放下手中的工作，离开办公桌。

大家吃着粽子，有说有笑，真开心。黄老师经常没时间吃饭，喝点咖啡垫一垫就去开会了。

今天,老师有时间和大家吃粽子了,而且吃得那么香。

吃完了粽子,黄大年对学生们发出邀请:"明天放假休息,你们都到我家去,我给你们做油焖大虾。"

"嗷嗷!"

学生们欢呼。

……

黄大年系上围裙下厨房,刺啦啦一阵忙活,香喷喷的油焖大虾端上了桌子。

周帅抽抽鼻子说:"好香啊!"

"没吃就流口水了。"焦健咂着嘴。

"快吃吧。"黄大年解下围裙,坐到餐桌旁。他最开心的是看着学生们品尝自己的手艺。

"黄老师,你也来吃啊!"

"不快点,都让我们给吃光了。"

"来,喝喝老师做的海带汤。"

大家边吃边聊,高兴极了。黄大年接过学生的话茬说:"吃东西可以汤汤水水,但做事千万不能汤汤水水,唯有认真对待每一个细节,才能成就最好的结果。"

嚯!老师从喝汤还能引出这样的哲言!

张代磊停下筷子说:"老师,您的话我们记住了,以后做事一定实实在在,认认真真,决不马虎。"

周帅也说:"老师您就是我们的榜样,我们什么都向您学。不过……"

"不过什么?"

"吃饭就是一个细节。"

"哦!我很会吃呀!"

"可你总是……"

黄大年吧嗒着嘴,梦的诱惑让他的肚子叫了起来。

黄大年醒了。

他揉揉眼睛,望望舷窗外漆黑的天空。

空空的肚子咕咕叫个不停。

这班飞机没有早餐供应。

他叫来空姐,要了一瓶可乐,咕嘟咕嘟一口气喝了下去。

肚子渐渐不叫了。

"请各位旅客系好安全带，飞机就要降落了。"

黄大年正要系安全带，胃突然疼痛起来，像是有一只手在猛捶猛揉……他忍着疼痛，心里默念着："坚持！坚持！坚持！飞机就要降落了……"

他本想坚持到成都机场，可是就在临近降落时，身子向旁边一歪，晕了过去。

"有人晕倒了！"

航班上的机组人员急得团团转。

飞机一落地，黄大年立即被送进成都第七人民医院急诊室。

医生见他怀里抱着笔记本电脑，想抽出来，他却抱得死死的。

"我的电脑呢？"黄大年醒来第一件事，就是找自己的电脑。

医生把笔记本电脑包拿来，对黄大年说："你抱着它，我们没法检查呀！"

黄大年见着了电脑包，长舒一口气："里面的研究资料太重要了。"

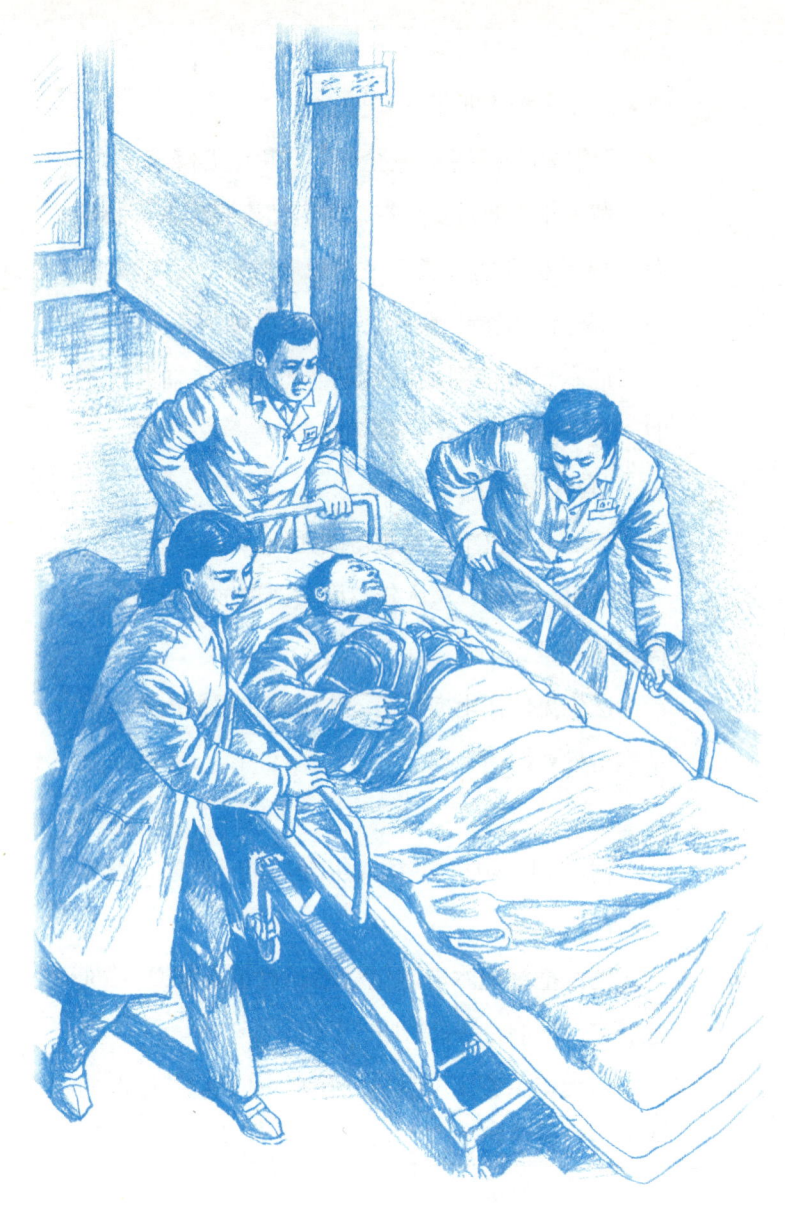

中华先锋人物故事汇　**黄大年**

在他心中，项目比命还重要。

医生问过黄大年，才知道他一天没吃饭，只喝了一瓶冰镇可乐。

可乐这种饮料能加速人体的新陈代谢，改善人体的精神状态和体能，从而消除疲劳，但可乐中的咖啡因会刺激胃黏膜，促进胃酸分泌。胃里没食物，人哪受得了可乐的折腾啊！

天一亮，黄大年就从病床上爬起来。护士劝他做进一步检查。黄大年背起电脑包，对护士说："今天这个会十分重要，我必须去。开完会就来检查。"

护士留不住他，只能不住地提醒："一定要尽快做个全面检查。还有，要按时进餐。"

"记住了！谢谢！"黄大年答应了一声，快步向门口走去。

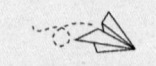

平安夜

"我的生命是爸爸妈妈给的,可我要把生命献给祖国母亲。"

黄大年这样说,也是这样做的。

你看,他工作了一整夜,困倦得眼皮直打架,却只用凉水洗洗脸,就匆匆赶到无人机测试现场,确认一切都安排妥当了,才在无人机的轰鸣声中,躲到工作车里,蜷曲着身子打个盹儿。

这就是黄大年不出差时的日常。

为了准备一个项目验收会,黄大年已经连着熬了三个晚上,头昏脑涨,耳朵嗡嗡作响。

办公室门外,早来上班的秘书王郁涵刚要敲门,隐约听到里面传来扑通一声。她急忙推门进去,发现黄大年昏倒在地上。

"黄老师!你怎么啦?"王郁涵呼唤着。

黄大年睁开眼,有气无力地说:"小王,千万不要跟别人说。"

王郁涵扶起黄大年说:"老师,你晕倒好几次了,不跟别人说,可也得到医院看看呀!"

黄大年摆摆手:"现在正是项目验收的关键时刻,我不能躺在医院里,不能……"

"这可怎么办啊?"王郁涵无可奈何地摇头。

第二天,黄大年像没事人似的飞到北京开会。临进场,他掏出一瓶速效救心丸,往嘴里塞了一把,一边嚼着,一边进了会场。在台上,他讲解着项目情况,精神抖擞,声音洪亮,大家都被他精彩的讲演给吸引了。几乎没有人注意到黄大年身上散发的速效救心丸的冰片味。

就是这一天,二〇一六年六月二十八日,在中国地质科学院地球深部探测中心,黄大年作为首席科学家主持的"地球深部探测关键仪器装备项目"通过了评审验收。专家组一致认为,项目总体达到国际领先水平!

这表明，作为精确探测地球深部的高端技术装备，航空移动平台探测技术装备用五年时间，走完了西方发达国家二十多年的路程。

中国进入"深地时代"！

王郁涵看劝说不管用，只好向校党委汇报。

黄大年开完会回到长春，校党委强制他做身体检查。

"我不让你说，你怎么……"黄大年到了医院，还在责备王郁涵。

躲是躲不掉了，黄大年只好配合医生做全面检查。

检查结果要两天后才能出来。

闲待两天，黄大年觉得是在折磨他。

他趁机又去了趟北京，等他回来，检查结果出来了——

胆管癌！

肿瘤已扩散到胃和肝。

如果是别人听到这个结果，那就是晴天霹雳，可黄大年泰然自若，好像早已料到。

"大年真是惜时不惜命啊！"黄大年的朋友施

一公感叹道,"在科学的竞跑中,任何取得的成绩都将马上成为过去,一个真正的科学家总会有极其强大的不安全感,生怕自己稍微慢一步就落下了。"

二〇一六年十二月十二日,师生们把黄大年从医院接回家。黄大年说先要回一趟办公室拿材料,师生们陪着他进了地质宫,看着他整理好材料,还到各个办公室转了一圈,跟大家打着招呼,开玩笑地说:"不知道还能不能回来了。"

听着黄大年的话,大家的泪水都涌上眼窝。

回家路上,车里播放着《斯卡布罗集市》的口哨版。悠扬的乐曲在火红的晚霞中飘荡,清风轻抚着黄大年的脸颊。他望着车窗外的火烧云,泪水倏然流下……

晚上,黄大年和弟弟妹妹吃了一顿饺子,这是他最后一顿团圆饭。

师生们到医院探视,黄大年把一个存储资料的移动硬盘交给秘书王郁涵;把一个笔记本交给学生孙勇,那里面是他对一些研究方向的新思考——委托青年教师焦健给学生拷贝了一些学习和实验用的文献资料和程序。

手术前一天晚上，医生说患者要灌肠。大家就说去食堂吃，黄大年说："都别走，我想你们……"于是，大家陪他吃完了饭。

吃完饭，黄大年赶走了所有人，包括弟弟妹妹，说要一个人静静。人们都走了，在空荡荡的病房里，他拿起手机，打开微信。

"人生的战场无处不在，很难说哪个最重要。无论什么样的战斗都有一个共性——大战前夕最寂静，静得像平安夜。"这是在二〇一六年十二月十三日晚上八点，距离手术十六个小时，黄大年在微信朋友圈里写下的一段文字。

接下来他又写道："无聊中翻看着我的第一页微信相册，记录了二〇〇九年圣诞节后把英国剑桥十多年的家移到长春南湖边的日子。在湖边的上班路上奔忙，一晃又到了第七个圣诞节。脑海里满是贺卡、圣诞歌、圣诞礼物、圣诞树等忙碌后的放松感和浓浓的节日气氛。它提醒职场拼搏的人们，事业重要，生活和家庭同样重要，但健康最重要。"

此时，黄大年回忆起自己回国时的决绝，想起自己说服妻子卖掉了两家诊所，一起回来。诊所里的药堆满了车库，车都扔在了停车场，什么都不管了。"必须立刻走！"他的耳边回响着当时自己的声音……

尾声　不灭的灯光

手术做完了，黄大年被从手术室推出来，大家都沉默地跟着手术车，走廊里只有车轮发出的微弱滚动声。

不管是黄大年科研团队的成员，还是学校了解他的人，心里都明白黄大年的癌症是饥一顿饱一顿引起的，是积劳成疾导致的，是一再疏忽，不到医院治疗导致的……他把自己的生命看得太轻了。

黄大年卧室的床头柜隐藏着秘密——三个抽屉里满是药。

"黄老师早就知道自己的病情，为什么不早点治呢？"

"唉！黄老师太不把自己的命当回事了。"

"不,是太当回事了,他才与死神赛跑,争夺科研时间,哪怕是一分一秒。"

"'我是活一天赚一天,哪天倒下,就地掩埋。'黄老师这么说过,我听得真真的。"

"黄老师这回该好好养养病了……"

大家议论着,发着感慨。

就在手术前几天,黄大年还在病房里,给博士生王泰涵讲解科研项目需要改进的地方……

病房成了黄大年新的"教室",他一边打着吊瓶,一边还在给学生答疑解难。

黄大年术后身体很虚弱,说话也没了往日的气力,但还是不肯安静地躺在病床上。

他目光炯炯,脑海中时常浮现出自己续签合同的情景——"我向学校只提一个要求:再延续两年,一直工作到退休。把自己的后半生,全部奉献给我的'科研梦'开始的地方。"

经过五年的研发,黄大年的梦想在他眼前化作一系列重大成果:

——地面电磁探测系统工程样机研制取得了显著成果,为产业化和参与国际竞争奠定了基础;

——固定翼无人机航磁探测系统工程样机研制成功，填补了国内无人机大面积探测的技术空白；

——无缆自定位地震勘探系统工程样机研制突破关键技术，为开展大面积地震勘探提供了技术支持和坚实基础；

——成功研制出万米大陆科学钻探工程样机"地壳一号"，为实施我国超深井大陆科学钻探工程提供了强有力的技术装备支持；

——自主研制出了综合地球物理数据处理与集成软件系统，为深探计划实施提供了强有力的技术支持；

——建成首个国家深部探测关键仪器装备野外实验与示范基地，为规范管理仪器装备研发和引进程序提供了验证基地……

这些成果，为实施国家地球探测计划积累了技术经验和人才储备，全面提高了我国在地球深部探测重型装备方面的自主研发能力，加速了我国地球深部探测进程，叩开了"地球之门"，为我国"巡天、探地、潜海"填补了多项技术空白。

"呼——"

黄大年长吁一口气,心里喃喃着:我的努力没辜负自己的誓言……不过,取得的成果还远远不够,以后的路还很长……

他对秘书说:"只要我还能喘气,就照常办公。"

清醒的时候,他望着床边的学生,气力微弱地说:"我还没有把你们培养成国际级的专家,一肚子的经验却不知怎么教给你们。"弥留之际,他还在自责。

二〇一七年一月八日十三时三十八分,阳光照进重症监护室的窗棂,洒在黄大年安详的脸上。他停止了呼吸,永远地休息了。

床边,还放着他的笔记本电脑。

夕阳缓缓地坠入地平线,喷射出满天的红霞。

天黑了,夜深了,星星眨着眼,注视着吉林大学地质宫。

地质宫507室,黄大年办公室的灯光还亮着……

人走了,可音容笑貌尚在。

每周，学生们都会来507办公室打扫卫生，还在清明节时点上蜡烛，围在黄老师遗像前陪老师聊聊天……